林一平

說話的城市

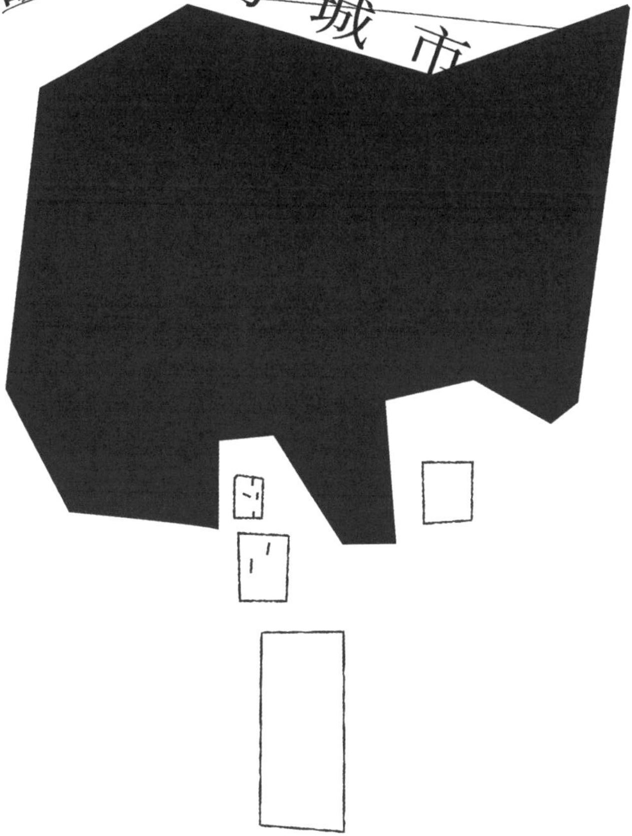

目錄

卷二　國際義人

卷三　科技與人文的連結

卷四　巴黎印象

自序

這是九歌出版社繼《大橋驟雨》、《行星組曲》後幫我出版的第三本書。陳素芳總編輯的厚愛，先行致謝。本書集結發表於《人間福報》閃文集專欄、《Future City@天下》未來城市林一平專欄、《財訊》數位高峰會專欄、《機械新刊》林一平專欄、《聯合報》科技・人文聯合講座以及 *DigitTimes* 椽經閣名家專欄的文章。粗淺的文字，在九歌出版社張晶惠等編輯的潤飾下，頗有畫龍點睛之效果。

如同前兩本書，我以照片及插畫彌補文字表達不足之處。我畫了文中部分人物肖像，這些人物都必須已蒙主寵召，才可以避免肖像權的問題。我最喜歡模仿原子小金鋼、米老鼠這類漫畫，以及仍然在世的人物，例如天海祐希和碧姬・芭杜，都因爲肖像權問題，不能刊登，自覺遺珠之憾。

書名《說話的城市》取自於本書一篇文章的篇名。寫這篇文章時，我正在進行一大型物聯網計畫，取名 CityTalk，企圖構建智慧城市應用。CityTalk 是科技計畫，硬邦邦的，於是寫了《說話的城市》一文，以人文的角度呼應 CityTalk 的科技應用。CityTalk 往下發展，則會是最近流行的「元宇宙」（Metaverse）。「元宇宙」顯學一直強調 AR、VR、MR、XR 等尖端技術，其實沒有人文的加持，是無法呈現其深度的。在 *FUNDAY* 雜誌的一次專訪，我提到「元宇宙早就形成、正在發生，而且永遠不會停止。只要人持續發揮想像力，宇宙就會繼續擴大，而科技始終來自人性，只要想要，就能一直產生新東西。」而發揮想像力，要有許多人文的認知，包括美的衡量、地理歷史的巨觀、正確的道德觀以及科技與人文的連結。這些元素，或多或少，都涵蓋於本書的四大部分：

卷一：美的衡量
卷二：國際義人
卷三：科技與人文的連結
卷四：巴黎印象

我執行 CityTalk 計畫，接受政府補助（特別致謝教育部 Center for Open Intelligent Connectivity from The Featured Areas Research Center Program within the framework of the Higher Education Sprout Project by the Ministry of Education in Taiwan），也接受審查委員的督導，由科技的角度，委員們的意見頗能提升計畫執行的量化指標。然而我對 CityTalk 的體驗，城市的演進敘述長遠的故事，讓我們回顧的是歷史。而科技的量化指標，則引導我們依循速成的經驗及成效。俾斯麥說：「愚者師經驗，智者師歷史。」本書是我的自我反省。我永遠無法成爲智者，但希望能由愚者師經驗的層次，漸漸學習到智者師歷史的作法。

最後，我將這本書獻給太太櫻芳。能忍受我四十年的女人，實在不簡單。

林一平於中國醫藥大學水湳校區

二〇二一年十二月三十一日

卷一

美的衡量

金羊毛

圖一：我贈禮給瑞士前聯邦總統庫什潘

二〇一五年四月十四日瑞士前聯邦總統庫什潘（Pascal Couchepin, b.1942）來拜訪科技部，由我代表會見（圖一）。他看著我名片上的名字「Jason Yi-Bing Lin」，對著我說：「你知道你的英文名字來自於希臘神話？」我有點錯愕，回答：「是，這名字來自於金羊毛（Golden Fleece）神話。」庫什潘總統追問：「Jason是你自己取的名字還是父母取的？」我回答：「我自己取的。」庫什潘總統欲言又止，卻不再追

圖二：傑森（Jason）

圖三：美狄亞（Medea）

問，轉入拜會的正題。我心中想，他大概想問我爲何取這個名字。所有人聽到我介紹自己名字時，大概都認爲是很平常的名字，不會在意。庫什潘總統是第一個追問的人。

小時候父親教我天上的星座知識，提到白羊座（Aries）及南船座（Argo Navis）時，說了伊阿宋（Easun）與金羊毛的故事。「Easun」是拉丁文，英文譯爲傑森（圖二）。希臘神話中亞哥英雄（The Argonauts）跟隨傑森到科爾喀斯（Colchis）盜取金羊毛，一路有眾神之母赫拉（Hera）及女戰神雅典娜（Athena）的庇護，最後在科爾喀斯公主美狄亞（圖三）協助下，達到目的，將金羊毛獻給宙斯。宙斯將金羊毛和亞哥號海船都提升到天界，即是白羊座和南船座。聽完父親的講解，我好喜歡這個故事，就以「Jason」當作我的洋學名。

亞哥號海船的旅程東到黑海畔的喬治亞，西到希臘，南到利比亞。我自二〇一四年底至二〇一五年初因公務多次出國，繞的圈圈和傑森相彷彿，而範圍更大，東到莫斯科，西到法國，南到以色列。訪問巴黎羅浮宮時，看到這個博物館收藏的《亞哥英雄的聚集》（*Gathering of the Argonauts*），這是燒在古希臘雙柄大口罐（460-450B.C.）的圖案。能親自感受到金羊毛神話相關的歷史文物，讓我興奮。

一四三〇年勃艮第公國（Bourgogne）大公「好人」菲利普三世（Philip the Good, 1396-1467）根據金羊毛的典故，成立了金羊毛騎士團（Orden del Toisón de Oro；英文 Order of the Golden Fleece），規定每位金羊毛騎士都必須奉勃艮第大公爲領主，並且終生不得加入其他騎士團。金羊毛騎士的人數有限制，一五一六年後以五十人爲限，正好接近希臘神話中亞哥英雄的數目（五十五人）。每一位金羊毛騎士被授予一條鑲寶金鏈，作爲信物。一七〇〇年金羊毛騎士團因皇室繼承問題分爲兩支，一支跟隨西班牙波旁王朝，另一支跟隨奧地利哈布斯堡王朝。一八〇五年西班牙被法國占領時封拿破崙爲金羊毛騎士。同樣是西班牙金羊毛騎士的路易十八相當憤怒，退出騎士團。一八〇九年拿破崙橫掃歐洲，盼顧自雄，想將兩支金羊毛騎士團合併，再回復到法國的掌握。沒多久拿破崙被英國威靈頓（Arthur Wellesley, 1st Duke of Wellington, 1769-

1852）打敗，金羊毛騎士團終究沒有合併成功，而威靈頓因爲打敗拿破崙的功績，也被封爲西班牙金羊毛騎士。

金羊毛騎士以歐洲皇室貴族爲主，但也包括不少日本皇帝，例如一八八三年受封的明治天皇（Emperor Meiji, 1852-1912）、一八九六年受封的大正天皇（Emperor Taish, 1879-1926）以及一九二八年受封的昭和天皇（Emperor Showa, 1901-1989）。日本自明治維新，一直想脫亞入歐，爭取成爲金羊毛騎士，亦應是手段之一。二次世界大戰時，德國願意和日本結盟，甚至寫研究報告，認定桃太郎也屬於雅利安民族，相信金羊毛騎士的頭銜有助於拉近日本皇帝和德國的關係。

補怛紫竹林

佛教藝術文化所展現的美學非常豐富，在世界藝術史上占有一席之地，而在佛像相關的藝術作品中，以觀世音菩薩的形象變化最繁多，式樣最豐富。我參觀歐亞各處美術館的亞洲文化展示及廟宇，都會看到觀世音菩薩雕像。觀世音菩薩深受民間信仰，極爲普遍，無怪乎有「家家彌陀佛，戶戶觀世音」的說法。

依《觀無量壽佛經》敘述的觀世音形象：「……頂有肉髻，項有圓光……頂上毗楞伽摩尼寶以為天冠。其天冠中有一立化佛……觀世音菩薩，面如閻浮檀金色，眉間毫相，備七寶色……臂如紅蓮華色，有八十億微妙光明……手掌作五百億雜蓮華色，手十指端，猶如印文……足下有千幅輪相。」我在台北佛光道場看到早期觀世音菩薩形象的雕像（圖一），其線條厚重，身軀比例匀稱，服飾緊密貼身，袍服裹身，赤足立於蓮座上。我頗喜愛其臉部造型，臨摹如圖二所示。

小時候對觀世音的印象來自於《西遊記》，這本章回小說我重複閱讀不下百遍，注意到一些書中和觀世音相關的細節。一般人印象，觀世音住在南海普陀山紫竹林，該禪寺位於中國舟山群島，一九一九年時康有為在此題匾額「補怛紫竹林」。然而《西遊記》第十七回明確寫著，觀世音住在南海洛伽山。《華嚴經》：「於此南方有山，名補怛洛伽山，彼有菩薩名觀世音自在。」

圖一：台北佛光道場的觀世音菩薩雕像

圖二：我臨摹觀世音菩薩

圖三：黃毛紅嘴白鸚哥

補怛洛伽山位於印度洋上，亦即今日南印度帕帕納薩姆（Papanasam）。孫悟空一個筋斗雲來到洛伽山紫竹林外，馬上有二十四路諸天，上前迎著道：「大聖何來？」二十四路諸天是漢傳佛教中輩分極高的護法神，在紫竹林是超級保全，防著孫悟空亂闖搗蛋。

紫竹林中的人物大有來頭，林中的禽鳥也頗有典故。《西遊記》寫著：「綠楊影里語鸚哥，紫竹林中啼孔雀」、「紫竹林中飛孔雀，綠楊枝上語靈鸚」。當中的白鸚哥（圖三）是觀世音的勤務親信，觀世音出巡，白鸚哥擔任前導官：「（觀世音菩薩）面前又領一個飛東洋，游普世，感恩行孝，黃毛紅嘴白鸚哥」。白鸚哥也當信差，在紫竹林幫觀世音傳話。孫悟空進入紫竹林，還見不到觀世音，必須等白

圖四：張宜如的《錦屏絕豔》

鸚哥通報：「只見白鸚哥飛來飛去，知是菩薩呼喚」。

除此之外，白鸚哥則陪著孔雀優游紫竹林。

《西遊記》對孔雀著墨極少，沒見到他和孫悟空互動。原因是孔雀極爲高傲，不屑和孫悟空這頭潑猴打交道。這孔雀大有來頭，乃是西方佛母孔雀大明王菩薩的兒子。《西遊記》中的佛祖說：「我在雪山頂上，修成丈六金身，早被他（孔雀）把我吸下肚去……我欲傷他命，當被諸佛勸解，傷孔雀如傷我母，故封他做佛母孔雀大明王菩薩。」母親的身分非同小可，難怪紫竹林的孔雀兒子自認輩分極高，足以自傲，白鸚哥不侍候觀世音時就陪孔雀。吾友張宜如擅畫，她的作品《錦屏絕豔》彷彿描述紫竹林的孔雀（圖四）。

瑪利亞觀音

二〇一八年七月，我來到馬來西亞雪蘭莪（Selangor）的佛光山東禪寺（圖一），有航法師為我導覽該寺院內外及佛光緣美術館。寺中有一座觀世音菩薩陶瓷坐像，面部豐潤，神情安詳，自在莊嚴，讓我流連不已（圖二）。我遊歷世界，到處可見以觀世音菩薩為主題的藝術作品。而觀音的形象也常常和其他宗教的聖母融合。

二〇一六年十一月我到澳門媽閣廟參拜，該廟建於一四八八年，是第一批葡萄牙人上岸的地方。葡萄牙人上岸後問本地人，這個地方叫什麼名字，本地人誤以為在詢問廟宇的名稱，答說「媽閣」，於是MACAU就成了澳門的葡文名稱了。媽祖的虎邊供奉著韋馱，相當有趣。一般而言，韋馱應隨侍於觀音的紫竹林，媽閣廟屬於道教，卻也見到韋馱，頗有將媽祖和觀音形象融合的意味。台灣在日據時代前信仰道教媽祖，一八九六年日本人來後要求台灣人改信佛教或神道。台灣

圖一：東禪寺的美麗花園

人不忍離棄媽祖，道教廟宇改爲佛教寺院，移情媽祖於觀音，拜觀音時，也相當於拜了媽祖。

同樣的現象也發生於日本。一五四九年天主教傳到日本，有不少信徒。豐臣秀吉在一五八七年下令驅逐外國伴天連（Padre，神父之意）。江戶時代的德川幕府頒布禁教令，強迫天主教徒放棄信仰。一六二六年，長崎在交通衢道廣設刻有瑪利亞的板子，要求人民踩踏，違者施以酷刑，是所謂的「踏繪」制度。被迫改變的天主教徒，相當苦惱。據說有一位神父夢見了觀世音菩薩，告訴他可以把瑪利亞的塑像當成觀世音菩薩，祈禱時，以塑像爲聖母，如果被懷疑是天主教徒，被迫踐踏聖像時，則以其爲觀音菩薩。觀音菩薩博愛異教徒，犧牲自我形象，眞是普渡眾生啊。這些被當作聖母

圖二：有航法師收藏的觀音陶瓷座像

瑪利亞的觀音像，胸前雕刻著十字架，稱作瑪利亞觀音（Maria Kannon）。我在日本看到白瓷或青瓷的瑪利亞觀音像，名為「子安觀音」，很像中國的送子觀音，影射聖母瑪利亞懷抱著耶穌基督，在德川時代大量出現。

送子觀音在北宋時期已有，到了明清兩代，更普及於民間。西方傳教士來到中國，中國化的聖母子像應運而生，以送子觀音的形象，融入中國社會。當時的中國人看到「聖母抱子像」就當作「送子觀音」。明末姜紹聞在《無聲詩史》中說：「利瑪竇攜來西域天主像，乃女人抱一嬰兒，眉目衣紋，如明鏡涵影，踽踽欲動，端莊娟秀。」

我曾到以色列參觀義大利建築師梅斯奧（Giovanni Muzio）在拿撒勒（Nazareth）舊城廣場重建的天使報喜大教堂（Church of Annunciation）。傳說這裡是瑪利亞的故居，天使加百列在這裡向她報喜訊，說：「妳將要由聖靈感孕生子，名叫耶穌」（路1：26—35）。教堂建築分兩層，下層地穴保存了古教堂的「聖穴」，上層為該城的天主教區教堂。教堂內的中堂陳設了由全球各地天主教堂捐贈的聖母與聖子馬賽克壁畫。中國版本的聖母像是楊柳青年畫的送子觀音造型（圖三），我臨摹畫了聖母面龐（圖四）。

圖三：拿撒勒的聖母聖嬰像壁畫

圖四：我素描聖母壁畫

好逑傳

我年幼時看了一本佳人才子的章回小說《好逑傳》，內容一直在名教與貞潔打轉，酸氣沖天。不過書中形容氣質美女，令我印象深刻，節錄如下：

嫵媚如花，而肌膚光豔，羞灼灼之浮華；輕盈似燕，而舉止安詳，笑翩翩之失措……腰纖欲折，立亭亭不怕風吹……慧心悄悄，愈掩愈靈，望而知其為仙子中人；俠骨冷冷，愈柔愈烈，察而知其非閨閣之秀；蕙性蘭心，初只疑美人顏色……

由「立亭亭不怕風吹」、「俠骨冷冷，愈柔愈烈」這幾句顯示，女主角水冰心並非一般佳人才子小說中柔弱的林黛玉模樣，而更像《兒女英雄傳》中的俠女。水冰心是《好逑傳》眞正的主角，其他人物包括男主角鐵中玉，都是水冰心的陪襯。這「異類佳人」的形象有三個特點，相當突出：亦即「才」、「俠」以及「恪禮」。這也是她與傳統佳人的最大區別。《好逑傳》的文學

圖一：普希金
（Alexander Sergeevich Pushkin, 1799-1837）

圖二：娜塔麗婭
（Natalya Goncharo, 1812-1863）

成就遠遜於《紅樓夢》，卻是第一本被翻譯成西方文字的漢文長篇小說，於一七六一年由帕西（Thomas Percy, 1729-1811）翻譯爲英文 *Hao Kiou Choaan*（*The Pleasing History*）。

一七八一年德國文豪歌德（Johann Wolfgang von Goethe, 1749-1832）讀了《好逑傳》，相當驚豔，嘗試將這本書的中國抒情詩移植到德國，甚至在晚年仍多次提及此書。俄國文學之父普希金（圖一）也受到《好逑傳》的影響，在自己主編的《現代人》雜誌上發表《好逑傳》的片斷，目的是要打破當時俄國文化界忽略中國，只以歐洲爲中心的觀點。他相信中國會爲他帶來新的創作靈感。普希金是個感情專一的痴情漢。他娶了美麗的娜塔麗婭（圖二）。她被暱稱爲「聖彼得堡的天鵝」，氣質出眾，卻因此招蜂引蝶。普希金爲了她和二十九人決鬥，最後一次受傷，兩天後去世，當時的報紙刊載：「俄羅斯詩歌的太陽殞落了。」以普希金這種痴情個性，自然會對《好逑傳》中水冰心的貞堅不二產生共鳴。

彼得兔

我小時候喜歡看彼得兔漫畫。就我所知，至少有三個作者畫過彼得兔。小朋友最喜歡的彼得兔童話，作者是波特（圖一）。一九〇一年，波特寫了一本童書，書名 *A tale of Peter Rabbit*，並親自為這本書畫插畫。波特的彼得兔造型相當可愛。波特的父母靠祖傳遺產過活，不鼓勵她在任何知識上的發展。她沒上學，卻因此獲益。她說：「謝天謝地我從未被送去學校，否則我的一些原創性想法會被擦掉。（Thank goodness I was never sent to school it would have rubbed off some of the originality.）」她用自己發明的密語記載每日生活，直到死後數十年才被人解碼。波特在植物學上有所貢獻，提出地衣是藻類與眞菌組成的共生植物。她畫了無數的地衣和眞菌圖，使她成為當時在英國廣受尊崇的眞菌學家。一八九七年，她寫了一篇關於孢子發芽的研究論文，倫敦林奈學會（Linnean Society）因為她的女性身分，不准她參加會議，無法親自宣讀發表的文章，只好

圖一：波特
（Helen Beatrix Potter, 1866-1943）

圖二：卡帝
（Harrison Cady, 1877-1970）

由她的舅舅代爲發表。

另外兩位彼得兔作者創作了連環漫畫而非童話。《彼得兔連環漫畫》是插畫家卡帝（圖二）的作品，自一九二〇年起在美國紐約先鋒日報連續刊登，卡帝一直畫了二十八年之後才退休，改由 Vincent Fago 接棒繼續畫。卡帝的彼得兔並非爲小朋友設計，而更像是反映社會時事的成人漫畫。例如美國「吃到飽」自助餐最早出現在一九三〇年大蕭條時代（Depression Years）。當時人們餓肚子的程度往往超過他們荷包的預算。於是乎吃到飽自助餐應運而生，讓客人自己服務，以降低管理成本。無限量食物的品質當然不會很好，反正價格也低，沒啥好抱怨。早期的廣告用語是「All-you-can-eat for $1」。最早提到吃到飽自助餐的漫畫是卡帝發表於一九三三年四月 *Oakland Tribune* 的兔子彼得漫畫。該漫畫是兔子爸爸牽著彼得逛街，背景爲一家餐廳，窗戶貼著：ALL YOU CAN EAT FOR 50 CTS。兔子爸爸說：「哇！這看起來令人感興趣，五毛錢吃到飽。咱們來嚐嚐看。（Whoop! This looks interesting— all you can eat for fifty cents. An I say we gives it a try.）」而彼得則回答：「好啊，老爸。（OK. Poppy.）」此漫畫顯示吃到飽自助餐在那個年代是相當風行，而價錢低到五毛錢是件稀奇事，成爲漫畫題材。

永遠的貝蒂

最近我看到一幅電話廣告，相當有趣。這個廣告海報以卡通人物貝蒂（Betty Boop）爲模特兒。海報廣告的是 Klondike Phone Company，是虛擬電話公司。早期美國的電視和電影提到電話號碼時，常常會用 KLondike 5（555），因爲 555 並未指配出去。若有觀眾好奇撥打這個號碼，不至於誤打到眞正用戶，造成困擾。貝蒂在台灣也很流行，我在台北永康街曾遇到以貝蒂爲主題的專賣店（圖一）。貝蒂的漫畫線條簡單，我可以很流暢地畫出。

貝蒂是美國有名的卡通人物，於一九三〇年八月首度出現於第六套有聲卡通片《暈眩的菜》（*Dizzy Dishes*），被塑造成爵士樂時代的新潮年輕女子（Jazz Age Flapper）。貝蒂是第一位，也是最有名的動漫性感象徵（Sex symbol on the animated screen）。貝蒂是以歌星肯恩（圖二）的造型所創造出的卡通人物。肯恩的成名曲〈我要你愛我〉（I Wanna be Loved by you）有一句

圖一：我和貝蒂合照

圖二：肯恩
（Helen Kane, 1903-1966）

歌詞「Boop-Boop-a-Doop」，因此她被稱爲Boop-Boop-a-Doop 女孩。而動畫中的貝蒂則以催眠般的「Boop-Oop-a-Doop」方式說話，意指「我愛你」。早期的卡通製作沒有智財權的觀念，很多動漫工作室會讓別人創作的卡通人物出現於故事中，例如貝蒂的動漫能見到大力水手與米老鼠等角色同台出現，相當有趣，這應該是最早的智財權共享吧。然而肯恩可相當注重自己的肖像權。當性感女孩貝蒂第一次出現時，肯恩就對創作貝蒂的弗萊舍（Fleischer）工作室提出侵權告訴，認爲貝蒂的聲音、外貌到動作都幾乎複製了她，弗萊舍很明顯地利用她的形象來製作商品賺錢。弗萊舍也不是省油的燈，說肯恩其實也模仿了非裔爵士歌手以斯帖（Baby Esther），於是肯恩的控訴被判決不成立。如果比對肯恩和貝蒂的圖像，相似度還挺高呢。專屬權的爭奪往往阻礙創意的發展。如果肯恩願意和弗萊舍合作，互相拉拔，可能享有更高的知名度。今日，全世界仍記得貝蒂卡通，卻很少人知道肯恩。

爵士時代的時尚女性

圖一：克拉萊鮑
（Clara Gordon Bow, 1905-1965）

我在〈永遠的貝蒂〉提到卡通人物貝蒂，並敘述她的造型源於歌星肯恩，造成肖像權官司的一段公案。其實貝蒂造型的來源另外有一個說法，是參考了女影星「它女郎」（The It Girl）克拉萊鮑（圖一）。「It Girl」是人人想要的女孩，亦即性感的象徵。螢光幕前的克拉萊鮑總是桀驁不馴。然而螢光幕後的她則保持謙遜，相當親切、慷慨。因此電影劇組幾乎每一個人都喜歡她。

圖二：費茲傑羅
（Francis Scott Key Fitzgerald, 1896-1940）

無論是卡通人物貝蒂、歌星肯恩或是女影星克拉萊鮑，都是費茲傑羅（圖二）筆下爵士時代的時尚女性代表。費茲傑羅最著名的小說爲《大亨小傳》（*The Great Gatsby*）。此書描述一九二〇年代美國人在歌舞昇平中空虛、享樂、矛盾的精神與思想，堪稱美國社會縮影的經典代表。費茲傑羅一生爲才華和金錢所困，他曾一度擁有這兩者，卻又全部失去。他身後文名如日中天，躍登二十世紀美國小說家數一數二的地位。

費茲傑羅在他的隨筆《爵士時代的回聲》中寫道：「這是一個奇蹟的時代，一個藝術的時代，一個揮金如土的時代。」新潮的女孩們留著一頭短髮肆意傻笑，穿著時髦的流蘇裙子盡情歌舞，搔首弄姿。我年輕時曾迷戀於費茲傑羅小說中的世界。他在一九二二年二月四日將他的初戀寫成短篇小說 *Gatsby Girls*，發表於《周六晚郵報》。那一期的封面主題是「**Flapper**」，意指一九二〇年代的西方新潮年輕女子。**Flappers** 穿迷你裙，剪短她們頭髮，聽爵士樂，過分的化妝，抽菸、喝酒、開車，炫耀她們的反傳統思想，對性的觀念開放隨便。創作貝蒂這個卡通動漫家，則將費茲傑羅描述的爵士時代以貝蒂卡通呈現。在我的印象中，貝蒂最後一次出現在一九八八年的電影 *Who Framed Roger Rabbit*，這是否代表 **Flappers** 風潮結束，不再流行？真讓人無限懷舊。

謝爾雷特女郎

我數度訪問巴黎，觀察到這個城市的獨特，不只是建築，更感受到巴黎女郎的獨特韻味。這或許是因爲我小時候觀看巴黎現代女性畫家謝爾雷特（圖一）的作品，有了先入爲主的印象。謝爾雷特於一八九〇年代在巴黎製作許多以女性爲主，神情快樂、高雅生動的海報。這些海報女郎號稱「謝爾雷特女郎」（Cherettes）。Cherettes 解放了巴黎的女性，流行穿著低胸上衣，並在公共場所抽菸。當時的一個作家說：「It is difficult to conceive of Paris without its‘Cherèts’（sic）.」

Cherettes 解放的巴黎女性，有哪一位讓我印象深刻？心目中的女性是被譽爲一九五〇年代及一九六〇年代的性感象徵芭杜（Brigitte Anne-Marie Bardot, b. 1934）。一九五二年，她演出首部電影《穿比基尼的姑娘》（*The Girl in the Bikini*），奠定性感女神的地位，使得比基尼迅速流行。她的特殊眼部化妝號稱「貓眼」，爲當年全球女性爭相模仿。我認爲芭杜是 Cherettes 的 2.0 版。

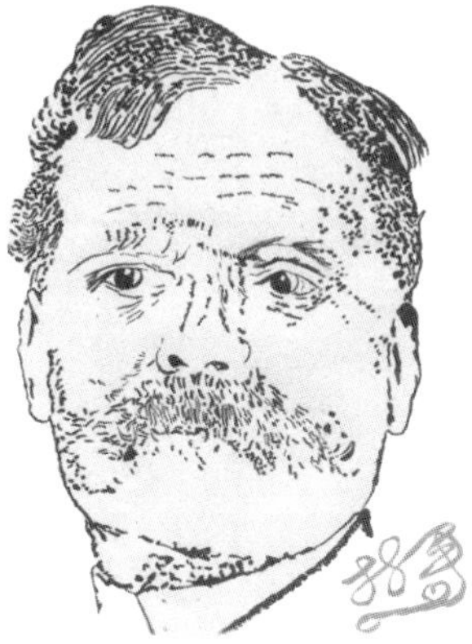

圖一：謝爾雷特
（Jules Chéret, 1836-1932）

圖二：我素描法國女孩

比起謝爾雷特或芭杜時代，今日的法國女性，更加時髦。我來巴黎前剛訪問過立陶宛，覺得立、法這兩個國家的女孩都很漂亮。立陶宛女孩較純樸，而法國女孩則較摩登。尤其法國女性以抽菸爲時尚，是受到Cherettes的影響。這種行徑則很少發生在立陶宛女孩身上。我在巴黎路上看到法國女孩，素描畫出如圖二。

謝爾雷特的偉大，將法國女孩與藝術結合，讓我感受到巴黎獨特的藝術風格。西班牙小說家薩豐（Carlos Ruiz Zafón, b. 1964）寫了一本很暢銷的小說《風之影》（*La Sombra Del viento*），當中有一句描述巴黎的句子：「Paris is the only city in the world where starving to death is still considered an art（巴黎是唯一的城市在那裡餓死仍被認爲是一種藝術）。」餓死都被認爲是一種藝術，更何況有韻味的法國女孩。對我而言，法國的藝術和謝爾雷特女郎是不可分割的。

巴黎這個「正港」藝術之都，影響許多世界各地的藝術家，有趣的例子是迪士尼。第一次世界大戰爆發後，美國紅十字救護隊招募自願軍，年輕的迪士尼（Walt Disney, 1901-1966）謊報年紀，於一九一七年加入紅十字救護隊。服役期間他在法國擔任救護車的駕駛，閒來沒事消磨時間，養成抽菸的壞習慣，也在他的救護車上塗鴉漫畫，畫得到處都是。他曾駐紮在巴黎，離羅浮宮不遠之處。法國充滿藝術氣息的環境開闊了年輕迪士尼的眼界，也影響其漫畫風格。不管是他在巴黎時的自畫像，還是他畫的女郎，顯然有謝爾雷特女郎的影子。

奧德班的鳥兒

圖一：耶魯大學收藏的*Birds of America*

二〇一二年八月我在耶魯大學看到一本書《美國鳥類》（圖一），這本書尺寸特大，圖案精美，印刷工程浩大。二〇一〇年英國倫敦拍賣會上以732.13萬英鎊（超過一千萬美金）拍賣了一本《美國鳥類》。作者奧德班（圖二）是位傳奇人物。他的生平和畫作成爲二〇一〇年一本小說*Fever Dream*的主要背景。《美國鳥類》這本書，台北的國家圖書館也有複製本，然而視若珍寶，連照相都不准，不如耶魯大學

圖二：奧德班
（John James Audubon, 1785-1851）

大方，相當可惜。

我多次到新竹北埔綠世界欣賞鳥類，突發奇想，將綠世界的鳥類和這本書對照，當會饒富趣味。我和綠世界的鵜鶘（Pelican）打招呼（圖三），覺得其形態和《美國鳥類》的描繪十分神似。鵜鶘走路時大搖大擺，如同廟會中七爺八爺出巡。

綠世界的紅鶴是白色羽毛（圖四）。奧德班的紅鶴雙腳著地，頭頸向前。綠世界的紅鶴則是單腳縮頭。當紅鶴單腳獨立時，頭必須縮入翅膀內，不然會失去平衡而跌倒。

圖五是綠世界的黑天鵝，看到我靠近打招呼，害羞地捲起脖子。綠世界的珍奇鳥類如同由《美國鳥類》這本書跳出來和人們打招呼，讓我相當驚豔。如果我們能發展出一種智慧手機的行動應用服務，將綠世界的珍奇鳥類以擴增實境（Augmented Reality）的方式和《美國鳥類》這類世界聞名的書籍連結，必能提升使用者的文化水平。

附帶說明，除了鳥類，綠世界生態農場有許多可愛動物，我和這些動物玩得挺開心的，也畫了一些素描。圖六是我素描的巴貝多綿羊（Barbado Sheep），綠世界生態農場的說明看板寫的是學名Capra Hirus，毛色呈淺褐色，胸腹下側及四肢內側則爲深黑色，故又名黑肚綿羊。黑肚綿羊起源於非洲短毛綿羊與歐洲毛用綿羊雜交而成。這種綿羊在十七世紀時被西班牙與葡萄牙人引進至加勒比海西印度群島附近，最後在巴貝多國大量繁殖。環境適應性及疾病抵抗力強，適合高溫多濕地區飼養，綠世界有不少自然交配生產的黑肚綿羊（圖七）。我和黑肚綿羊玩耍，並未聞到羊羶腥味，是很乾淨的羊兒。綠世界的黑肚綿羊是巴貝多國贈送台灣，輾轉放養於綠世界。

圖三：綠世界的鵜鶘

圖四：綠世界的紅鶴

圖五：綠世界的黑天鵝

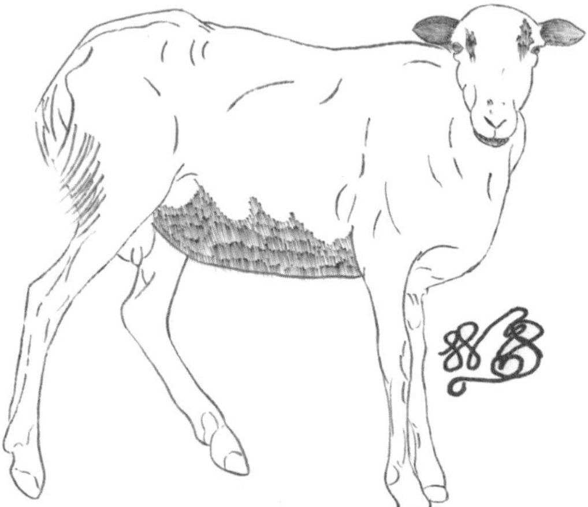

圖六：我素描巴貝多綿羊

圖七：剛出生的黑肚綿羊臍帶還未脫落

《愛彌兒》與做中學

盧梭（Jean-Jacques Rousseau, 1712-1778）寫了西方第一部重要的教育哲學著作《愛彌兒》，書中批判了法國封建社會及教育，觸怒權貴，成爲禁書，落得焚毀的下場，而盧梭則遭法國政府通緝，被迫流亡。盧梭舞文弄墨，搞得政府如此刀槍劍戟，鑼鼓喧天，實屬不易。

《愛彌兒》敘述許多盧梭眼中的負面教育，藉以強調教育不可成爲一種灌輸文明的途徑，而是該將年輕人由文明的邪惡中解放，成爲其解毒劑。此書成爲現代兒童心理學的基礎。當中提倡「眞正的教育不在於口訓而在於實行」，影響到「現代教育之父」杜威（圖一）最重要的教育思想：做中學。杜威在其著作《民主與教育》將民主帶入課堂教學，而《愛彌兒》則提供了實施計畫及陳述的原則，鼓勵學生獨立思考，著重做中學。

一九一九年第一次世界大戰剛落幕後，杜威的學生胡適邀請他到中國訪問。杜威到達中國的

圖一：杜威
（John Dewey, 1859-1952）

第五天，五四運動爆發。他目睹廣大學生上街遊行示威，抗議軍閥政府，以及社會各界人士對學生的同情和支持。杜威相當興奮，熱烈地觀察這個運動，寫信給他的小孩，說道：「我們這一輩子從來沒有像過去四個月這般的學習。特別是上個月，有太多東西需要消化。」

第一次世界大戰觸發五四運動，讓中國人覺醒改變，也是弱國發聲，希望能被平等對待。五四運動成爲新文化的思想運動，而北京大學的學生則充分實踐做中學，讓中國的教育整個解放。

杜威追隨盧梭的想法：「大自然希望兒童在成人以前要像兒童的樣子。」而我的博士指導拉索斯卡教授（Ed. Lazowska）則認爲學者活到老學到老，都應該一直保持赤子之心。著名的雜誌 Communications of ACM 專訪拉索斯卡。他被問到，「就計算機科學領域的教學而言，現在和過去五年、十年，甚至二十年前有何不同?」拉索斯卡的答案是，沒有任何差別。他說：「指導教授的任務是教導學生『發現的過程』（The Process of Discovery）。」小孩與生俱來就有探索周遭事物的能力。可惜的是，當他們進入大學時，這個本能往往就不見了。所以我們的任務是教他們再變回小孩，恢復他們四歲時所擁有的「發掘事物的能力」。拉索斯卡嘗試著恢復我「四歲時的能力」，引導我學習如何探索研究。我的智慧不足，沒有學到拉索斯卡的本事，但也感受到他的思考邏輯，很感激他的教誨。而在我接受博士訓練的過程，也深深體會到做中學是學習「發現的過程」的最佳方式。

美的衡量

我在科技部任職政務次長時，曾推動人文藝術的計畫。政府計畫的成敗都要有量化指標，「人文藝術」如何以量化指標衡量，實在傷透腦筋。在電信領域，我們定義了電話語音的品質的指標MOS（Mean Opinion Score）。該指標考慮設備及損傷（Impairment）參數，能由人的耳朵來感知，主觀的量化語音傳輸的品質。MOS值可經由演算法來模擬人耳的聽覺，自動算出語音線路的通話品質。那麼在藝術領域中的詩、畫，以及音樂有沒有品質的指標？

美感品質判斷具備了多重特性（Multiple Characteristics），其特徵包括了獨創性、完整性、統一性與快感性，相當複雜主觀。如何具體實行？伯克霍夫（George David Birkhoff, 1884-1944）以純藝術的角度對美學加以量化計算，稱為「美的衡量」（Aesthetic Measure）。伯克霍夫是美國數學家，主要研究領域包括數學分析和分析學在動力學中的應用。他證明了龐加萊最後定理

（Poincaré's Last Geometric Theory），轟動一時。他在引力理論、美學的數學理論等方面有創造性的貢獻。

梁實秋（1903-1987）在其著作《論文學》提到如何以伯克霍夫的公式估量一首詩的音樂成分，並將柯勒律治（圖一）的一首夢幻詩〈忽必烈汗〉（Kubla Khan），套入公式，算出這首詩有83％的音樂含量。這首夢幻詩的創作過程相當有趣。某天柯勒律治抽完鴉片後，昏昏沉沉，竟然文思泉湧，想出二、三百行的詩句，趕緊提筆記錄。但寫到一半，被人打岔，後半段的詩句都忘光了（大概鴉片的作用已過）。即使僅記錄下這首詩的片段，已足以令人驚豔不已，讓讀者感受到富於節奏的音樂美。此一創作的獨創性，開拓了西方詩歌的新視野，為西方文學評論家所稱道，將之與《古舟子詠》（*The Rime of the Ancient Mariner*）並列為英國文學的瑰寶。

圖一：柯勒律治
（Samuel Taylor Coleridge, 1772-1834）

伯克霍夫有雄心壯志，定義出美的衡量，以下面的數學式子一網打盡不同藝術呈現的優劣：M = O/C，當中 M（Aesthetic Measure）是美的衡量、O（Order）是指秩序、對稱，以及調和，C（Complexity）是複雜度。這個公式的量測項目包括垂直對稱值、水平對稱值、旋轉對稱值、垂直水平交叉關係值、平衡值與形之不滿意值。常有人問我如何制定量化指標（KPI）管考創意相關計畫。苦思半天，創意似乎無法直接套用伯克霍夫公式，直接量化。主要原因是，其O及C這兩個參數仍然很抽象、主觀。柯勒律治說：「美感是很直觀的。」試圖定義美的衡量，或許是庸人自擾。

聯想與創意

我的工作和創意相關。但常苦思創意，毫無靈感。沒有突破的創意，是聯想力不足。想像或聯想力，是人類進步的動力。我曾接受邀請，為一本書《想像的力量》寫推薦文（圖一）。這本書的作者是一位日本教授松澤哲郎（Tetsuro Matsuzawa），研究黑猩猩逾三十年。他發現黑猩猩善於記憶眼前瞬間出現的數字，卻只能活在當下、眼前的世界。牠們不像人類，能聯想百年以後的未來，或是回顧百年之前的歷史。黑猩猩只會感覺近憂，不知道有遠慮，也不會想：「以後我到底會變成什麼樣子？」相對地，人類多愁善感，很容易感到絕望。然而在絕望之際，同時擁有想像未來的力量，對於未來懷抱著希望。因此，人們的處境艱困，仍然能夠抱持勇氣，面對逆境。我的推薦文寫著：「人類一直想了解自己，並藉此開發人類的潛能，擴大自己的視野。人類成長及演進的動能是想像力（聯想力）。經由想像，人類對未來有所憧憬，懷抱著希望，因此能向前

圖一：《想像的力量》（經濟新潮社出版）

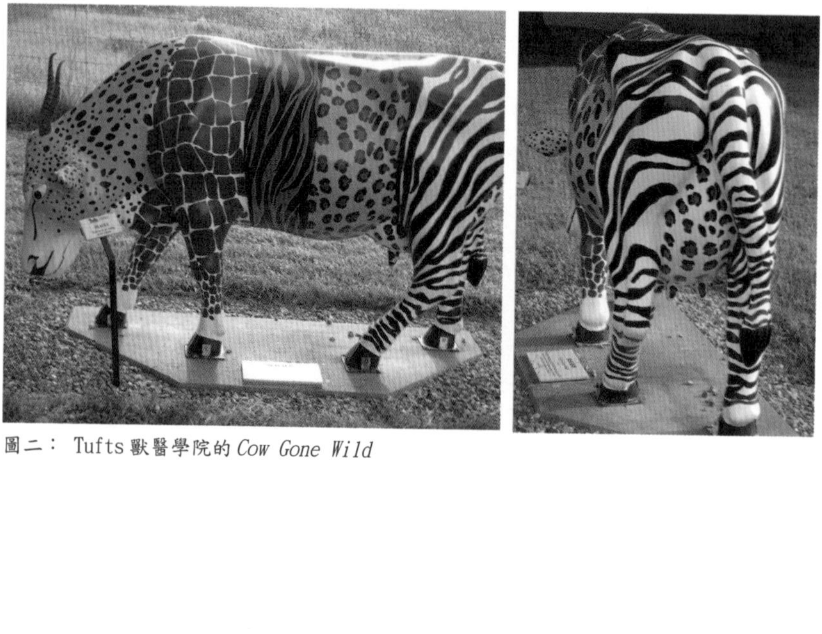

圖二： Tufts獸醫學院的*Cow Gone Wild*

圖三：我和非洲白鳳蝶（Mocker Swallowtail）玩耍

圖四：井上廈（Hisashi Inoue, 1934-2010）

發展。這是黑猩猩未曾擁有的天賦。讀完此書會覺得，我們擁有想像的天賦，如果不好好運用，豈不愧對自己。」

二〇一二年八月我參訪美國麻州塔虎茲大學（Tufts）的獸醫學院，看到一隻動物雕像，稱爲*Cow Gone Wild*（圖二）。這隻看來怪異的牛是由不同動物所組成的「四不像」，是獸醫們的聯想創意。讀者能指出多少隻動物的特徵？

看周遭事物，胡思亂想，總有收穫。我和蝴蝶玩耍，看到蛹以及剛孵化的蝴蝶（圖三），聯想到一部漫畫《蟲師》。這是日本女性漫畫家漆原友紀（b. 1974）的作品。本作品畫了許多「蟲」，但它們卻不是我們一般認爲的昆蟲。漆原友紀將「蟲」想像成類似於幽靈和妖怪的形象。而擁有特殊能力的男主角「蟲師」的工作便是解決人類和「蟲」發生的怪異現象。漆原友紀表現出極有創意的聯想。在金庸的《倚天屠龍記》也敘述出聯想的力量；主角張無忌看到飛花落地，怪樹撐天，鳥獸之動，風雲之變，都會聯想到武功招數的精妙，這是聯想的極高境界。

井上廈（圖四）對於深度聯想有精闢見解。何謂有深度的上乘創意？其設計聯想思路應該能：「讓困難的事物變得簡單，讓簡單的事物變有深度，讓有深度的事物變有趣。」所謂鏡愈磨愈亮，泉愈汲愈清，只要努力訓練我們的聯想力，具想像創意的亮點自然會產生，也會愈接近井上廈談到的境界。

雜談創意

圖一：香奈兒
（Gabrielle “Coco” Bonheur Chanel, 1883-1971）

今日政府大談創新創業，要做出成果並不容易，必須要有創意。時尚女王香奈兒（圖一）說：「流行不斷推陳出新，唯有風格可以歷久彌新。」換言之，要創新首先要有自己的風格（Style），吸引客戶的認同。然後在此風格下，不斷推陳出新地想出有創意的風潮（Fashion）。蘋果的 **iPod**、**iPhone**，以及 **iPad** 正是在同一風格下的不同風潮。香奈兒的香水系列亦復如此（圖二）。創立香奈兒香水風格的第一個風潮

圖二：香奈兒香水廣告

圖三：夢露
（Marilyn Monroe,1926-1962）

是香奈兒 No. 5，賣出超過一千萬瓶。一九五四年夢露（圖三）被問到穿啥睡覺時，她回答：「只有幾滴 No. 5。」夢露的說法實在太有創意了，成爲香奈兒香水的最佳代言廣告。香奈兒又說：「想要無可取代，就必須時刻與眾不同（Pour être irremplaçable, Il faut être différente）。」這正是創意的奧義啊！

有創意的想法後，更要不屈不撓的堅持，努力實踐。就像賈伯斯採取不開放作業系統（Closed OS）的理念，導致蘋果在一九八〇年代慘敗給 IBM PC。然而到了二〇〇〇年代他仍然堅持不開放的作業系統，iOS 捲土重來，成功地打造出 iPhone 系列的王國。賈伯斯對其創新理念的堅持就像撒迦利亞堅持在耶路撒冷建造耶和華聖殿。賈伯斯要蘋果員工信仰他的

圖四：傑地斯
（Patrick Geddes, 1854-1932）

創意理念，不要懷疑。撒迦利亞則敦促猶太人留意上帝的旨意，表現堅強信心，積極採取行動，努力在耶路撒冷建造耶和華的聖殿。的確，很多應用服務往往是多年經營後才開花結果，而非一夕成名。實踐「花園城市」構想的傑地斯（圖四）說：「一個花園需要多年的時間才能成長——思想也需要時間來成長，雖然一個播種者知道他的玉米什麼時候會成熟，但思想的播種，到目前為止，還是一件不太確定的事情（A garden takes years and years to grow - ideas also take time to grow, and while a sower knows when his corn will ripen, the sowing of ideas is, as yet, a far less certain affair）。」致力於創意服務，一定要有耐心。然而香奈兒也說：「不要把時間花在鬼打牆，卻希望把它變成一扇門（Don't spend time beating on a wall, hoping to transform it into a door）。」真正的創意是敲門磚，堅持實踐創意，自然能敲開成功之門。而堅持實踐「錯誤」創意的想法，則像是以頭撞牆，頭破血流後仍然一無所獲。如何分辨「敲門」與「撞牆」？小仲馬（Alexandre Dumas, 1802-1870）在他的代表作《茶花女》（*La dame aux camélias*）中說：「如果想安慰一個人，卻又不明白他痛苦的原因，那是很難的。」換言之，創意來自於人性，要搔到癢處，了解民眾需求所產生的創意，才能敲開人們的心。

大學的創意

最近一堆學校成立「創新創業學程」，到底要教啥內容，眾說紛紜。其實許多學校原有的課程，早就應該啟發學生創新，例如「工業設計」，在教學設計的過程中，本來就有創意的元素。然而哪些教授有資格教創意，實在難以斷定。

多年的教學經驗，讓我深深感到教育是良心事業。學生就像一隻小鴨子，張大嘴，伸長脖子，等著教授餵食（圖一）。教授可以循循善誘，像波士頓街頭的母鴨（圖二），帶領小鴨。你可以由小鴨子的嘴餵牠，也可能掐住牠的脖子，讓牠窒息而死。教導無方的教授，往往抹殺了學生的創意。而學生有時候也會有比教授更好的創意，例如聯邦快遞（FedEx）的創辦人史密斯（Frederick Wallace Emma Smith, b. 1944）於一九六二年考入耶魯大學，想到一種隔夜傳遞服務公司的點子，將這個想法寫成了論文。而他的教授卻認為，論文中的許多觀點雖然有可取之處，這些觀點終究

圖一：嗷嗷待哺的小鴨子

圖二：波士頓的 Make Way for Ducklings

行不通。首先，聯邦政府對空運航線的管制將妨礙這種服務。其次，已經利用客運航線運送包裹的老牌航空公司的競爭會嚴重壓縮 FedExp 這種服務的生存空間，令其無法成功。最後，提供這種服務所需要的巨大資金是任何新創辦的公司難以承受的。還好史密斯沒聽教授的話，終於創立了聯邦快遞，成功地打造了隔夜傳遞服務的王國。

我於二〇一二年八月訪問耶魯大學建築學院，拜會其院長 Robert A. M. Stern（圖三）。Stern 教授是美國藝文界呼風喚雨的教父級人物，尤其在東岸、紐約市、MOMA 等，影響力無人能及。他提到建築學院的學生極爲優異，例如林瓔（Maya Ying Lin, b. 1959），二十一歲時參加越戰紀念碑設計競賽，在一千四百二十一

圖三：我與 Robert A.M.Stern

圖四：南北戰爭紀念牆

件作品中獲得第一名。但由於她是華裔，受到種族主義分子和一些越戰老兵的抵制，舉辦單位不得不重新組織評審團。第二次評審的結果，她仍然獲得第一名。由於出資人的堅持，最後決定將她的設計和第二名的設計一起在華盛頓特區建造，落成後，第二名的設計只是三名越戰士兵的塑像，無人問津，而她設計的越戰陣亡將士紀念碑成爲當地的著名建築，遊人絡繹不絕。耶魯大學的學風自由，相當多元化，因此能培養出優秀的學生。據說林瓔的設計受到耶魯大學伍爾西大堂（Woolsey Hall）的南北戰爭紀念牆（Civil War Memorial）的影響（圖四）。這個紀念牆是由教授設計。由此例子推論，耶魯大學的作法，好的教授並未一板一眼地教學生創意，而是經由以身作則的方式啟發學生。伍爾西大堂係以耶魯大學前校長伍爾西（圖五）命名，他以傳說中的金腳趾聞名於世（圖六）。耶魯大學的傳說，如果你摸了伍爾西銅像鞋子的金腳趾，那麼你就能入學耶魯。難怪他的鞋子亮晶晶的，不知被多少高中學生摸過了。

圖五：伍爾西
（Theodore Dwight Woolsey, 1801-1889）

圖六：伍爾西銅像的金腳趾

米開朗基羅效應

大家都在談創意。我很相信，創意的培養可以經由觀察有創意的人的過程中學習。換言之，鳥隨鸞鳳飛騰遠，人伴賢良品自高，這是所謂的米開朗基羅效應（Michelangelo Effect）。這個效應是心理學家觀察到的現象：「Interdependent individuals influence and "sculpt" each other」，如果你有決心學習創意，在觀察有創意的人的行爲過程，漸漸能雕塑出自己的創意風格（Over time, the Michelangelo effect causes individuals to develop toward what they themselves consider as their ideal selves）。一般大學進行系統式的授課，沒有創意涵養的教授仍然可以照本宣科，產生的「米開朗基羅效應」，教出沒有創意的學生。米開朗基羅（圖一）是眞正有創意的大師，一塊頑石在他手中能化腐朽爲神奇，雕塑出藝術品。因此心理學家以米開朗基羅命名這個效應。

我很喜愛米開朗基羅的作品中的人物，個個筋骨畢露，氣態剛毅。而米老本人身材小、身體

圖一：米開朗基羅
(Michelangelo, 1475-1564)

殘弱、頭大、臉小、面貌陋。他十五歲時和一位同學伯多祿（Petro Torigiano）一起學習雕刻。伯多祿忌妒米開朗基羅的藝術造詣，又嫌他醜陋。有一次米開朗基羅批評伯多祿的作品，當場被伯多祿痛扁，打碎鼻梁，米老變得更是其貌不揚。米開朗基羅對於批評他的人，有一套反擊的方式。例如教宗的典禮官長極力詆毀米開朗基羅的裸體畫，讓米老忿忿不平。於是在替西斯篤殿（Sixtus）創作的偉大壁畫《最後的審判》（*dies irae*）中，將典禮官長畫成地獄的一個惡鬼。

我最喜歡米開朗基羅的《大衛》雕像，其手部及腹肌呈現和米老另一著名的雕像《俘虜》彷彿，相當漂亮。《大衛》原作收藏於義大利佛羅倫斯美術學院。我無緣看到原作，但在莫斯科的普希金博物館看到複製品（圖二），臨摹畫之，如圖三。

心理學有另一個名詞「鯰魚效應」（Catfish Effect）。其原意是指透過引入強者，激發弱者變強的一種效應。以往漁夫捕捉沙丁魚，返航後沙丁魚都已奄奄一息，賣相甚差。有一位挪威船

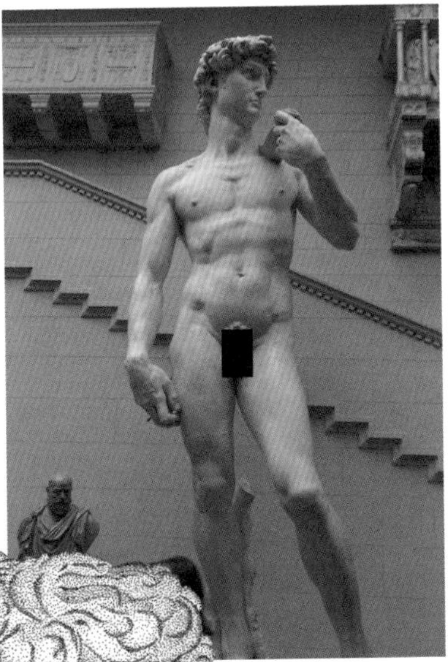

圖二：普希金博物館的《大衛》複製品

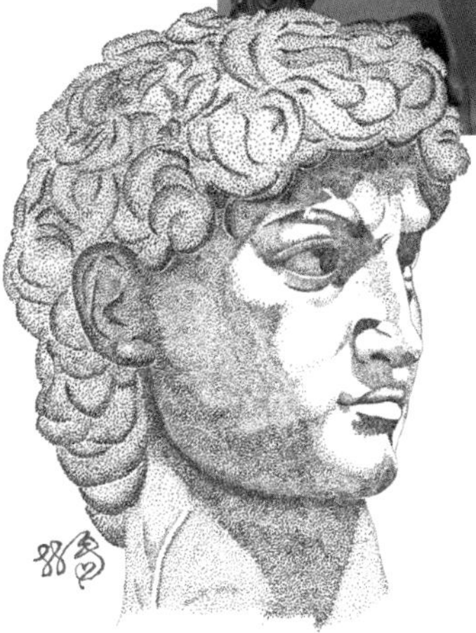

圖三：我模仿畫《大衛》

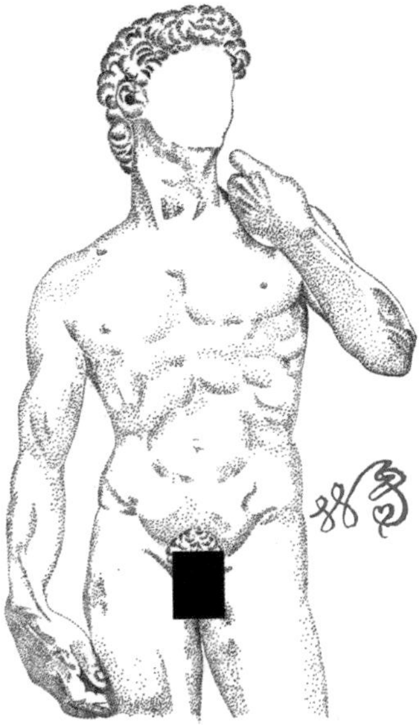

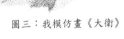

長將鯰魚和捕獲的沙丁魚放在一起。沙丁魚爲了閃避東游西竄的鯰魚，不停游動保命，終可在漁船靠岸時存活下來，是爲鯰魚效應。此效應亦可引申爲棋逢敵手，能互相砥礪成長的意思。米開朗基羅和達文西（Leonardo da Vinci, 1452-1519）兩位文藝復興時期的藝術大師，有鯰魚效應的故事，彼此良性競爭，激盪出藝術創作的火花。話說義大利佛羅倫斯（Florence）打算爲維奇奧宮繪製大廳內的巨幅畫作，同時邀請米開朗基羅和達文西來「投標」爭取創作。兩個人競爭，最後都因故放棄，沒有分出高下。後來兩個人又較勁製作大衛雕像，結果米開朗基羅勝出，獲選爲製作大衛雕像的藝術家，完成永垂不朽的雕像。落敗的達文西專注投入解剖學研究及繪畫創作，在科學與繪畫上締造出偉大的創新。

卷二

國際義人

寶塚歌劇團

圖一：東京寶塚劇場（Tokyo Takarazuka）

我旅遊東京，深深感受到日本的女性和中國女性（含大陸、香港、台灣）的差異，甚至舉止言談都頗不相同。日本的女性化妝比較細緻，動作也較優雅。我告知日本友人我的感覺。他笑著說，日本傳統男尊女卑，女性被要求當賢妻良母，不少人小時候就接受茶道、花藝等優雅訓練。而其體現或許可由日本的寶塚歌劇團窺其一二。友人大力推荐去觀賞寶塚歌劇團的表演，於是我路過東京都千代田區寶塚劇場（圖一）來開開眼界。劇場的門口擺設了笹戶千津子的雕像作品《微風》，是頗有男子氣概的健美女郎，影射了寶塚歌劇團演員的特質（圖二）。寶塚歌劇團給日本氣質女性的理想標準是：「清、正、美」。而令我驚訝的是該歌劇團更著重於男性舉止的揣摩。寶塚歌劇團以女演員扮男裝，這些女演員扮演逼真，在表現男性魅力方面，甚至超越了男演員。

圖二：我仿畫寶塚劇場門口笹户千津子的雕像作品《微風》

圖三b：小林一三年老時

圖三a：小林一三（1873-1957）年輕時

寶塚歌劇團最初成立的目的，只是爲了招攬客人搭電車。創辦人小林一三（圖三a、b）一九〇七年時擔任日本箕面有馬電軌公司總經理。這是一個小地方的鐵路公司，發展辛苦，無法依循大都會的鐵道經營模式。在這種人口較少的地區，鐵路公司不能提高收費，否則會惡性循環，加速乘客的流失。因此小林只能動腦筋，在不漲價的前提下，想出新點子來增加乘客，俾能增加收入。他在電軌路線上成立溫泉區旅遊景點，創造許多生活機能，吸引遊客人氣。一九一三年，小林在寶塚新溫泉區遊樂場組織未婚少女合唱團，藉此吸引更多人氣，這是寶塚歌劇團的前身。寶塚這個地名很有意思。根據《說文》，「塚」是高墳也。換言之，在中國，「寶塚」是亂葬堆墳墓區的美稱。一九一〇年代前，寶塚是很荒涼的地方，有小溫泉，但沒名氣。小林押寶，以較少資金的投資，開發這個遊樂場。

寶塚少女歌劇團由未婚女性組成，一旦結婚，就必須退出。讀者們應該明瞭，一九一〇年代的日本社會觀念較保守，大男人沙文主義爲主流，不能接受男女同台演出。因此傳統的歌舞伎全部由男演員表演，其中扮演女性角色的男演員往往比女人更能散發出女性魅力。當時沒有正經女人上台表演這回事，女性拋頭露面爲人詬病，女演員的社會地位更是低下。小林反其道而行，認爲女性演員比較能吸引男性觀眾。沒想到女扮男裝的「男役」塑造出女戲迷們理想的男性形象，吸引眾多女性觀眾，成爲寶塚最大的賣點之一。

小林一三於一九一三年成立寶塚歌劇團，成員都是少女。當年小林爲了博取社會認同女演員，宣傳寶塚劇團是由家庭背景良好的女孩所組成。他使出了一個高明招數，創立寶塚音樂學校，宣布這是培養「賢妻良母」的教育機構，同時「順便」在表演藝術方面訓練她們。學生畢業後，順理成章擔任了歌劇團的演員。每年一度的寶塚音樂學校考試選拔約四十名十五至十八歲的少女，在音樂學校的第一年稱爲預科生，第二年稱爲本科生，經過兩年的基礎培養之後，便可以進入寶塚歌劇團，成爲專職演員。寶塚在日本有「新娘學校」之稱，門檻甚高，甚至有「東有東大，西有寶塚」的說法，指出日本最難考的兩所學校是東京大學和寶塚音樂學校。寶塚生徒們進行新娘修行，必須舉止優雅，談吐得體，溫順又聽話，顯示出良好的教養。她們畢業後是最好的妻子人選，讓丈夫們很驕傲地帶到社交場所展示。小林一三成功塑造了寶塚新娘的形象，扭轉女演員的社會地位。在日本，能娶到寶塚的演員是非常體面的。

一九二一年的寶塚歌劇團分爲「花組」及「月組」。「組」是金字塔型的演員結構。最底層是一大群年輕的演員，最頂端是「主演男役」與「主演娘役」，每一組都能獨力演出完整的歌劇。經過近百年擴增，成爲「花、月、雪、星、宙」五組。寶塚男役的養成包括「初舞台」時期，「新人公演」時期，「若手Star」時期等，非常漫長，通常都需要十幾年，才能成爲Top Star的主演男役。寶塚男役的訓練十分艱苦，走路、吃飯、睡覺都得像男人一樣，必須長時間揣摩演技，才能表現出男主角的帥氣。這是外表與實力的結合，因此有「男役十年」的說法。娘役的培養比較容易，若有良好資質和潛力，五年內就可以擔當主演娘役的大任。寶塚歌劇團的活動，都是以男役爲中心。上演的是男人戲，娘役只有陪襯的作用。

小林一三的策略成功，寶塚歌劇團的公演通俗，深獲庶民共鳴。一九一四年的觀眾多達十九萬人次，一九一八年激增至四十三萬人次，有效地提高鐵路搭乘量，達成小林最初設立寶塚歌劇團的目的。寶塚的表演爲何如此叫座？精準選擇表演題材是主因之一。一九〇〇年代最早上演的劇目是日本傳統歌舞伎中直接搬過來的「所作物」。一九二〇年代，著名的舞台專家岸田辰彌（1892-1944）爲寶塚引入歐洲流行的時事諷刺劇（Revue）。這是一種歌舞秀，將社會時事融入歌舞表演，有連貫完整的劇情。寶塚的 *Mon Paris* 是日本的第一部時事諷刺劇，亦是引進西方音樂到日本的先驅。在寶塚的黃金年代，許多戲碼一再上演，如一九七二年《凡爾賽玫瑰》（ベルサイユのばら，圖四中左邊的海報），連昭和天皇都曾經親自到東京寶塚劇場觀看。《凡爾賽玫瑰》影響了日本少女漫畫的風格，漫畫中的人物，不分男女，都是誇張的大眼睛和尖下巴，漫畫格內的背景則是一朵朵發亮的玫瑰花。

寶塚的表演有時反映出日本人的矛盾心態。二〇〇八年初有一齣戲《南太平洋》（圖四中右邊的海報），敘述二戰期間，南太平洋某小島服役的海軍看護與法籍男士的戀情。戲中扮演麥克阿瑟的演員表現出對日本痴痴的愛，說：「美國就是日本的理想國……因為限制海軍軍備會議，逼迫日本只能擁有不超過英美半數的軍艦。但是限制軍備其實是為了日本好，如果沒有這個條約，我國可能會製造出超過日本十倍百倍數量的軍艦。」戲情想呈現：「日本雖戰敗，但絕不是美國人的奴隸。」在我認知中麥克阿瑟不會痴愛日本，事實的眞相是，美國只會爲自己好，而日本從此受制於美國，無形成爲其奴隸。日本人一廂情願地揣測美國人制定的遊戲規則，就像女粉絲被寶塚男役牽著鼻子走。

「清純、正直、美麗」是小林一三爲寶塚歌劇團立下的校訓，也是日本大男人主義讚賞的女性氣質。「清純」是不複雜，不成熟，易於掌控；「正直」是認同男性訂下的社會行爲準則，並

圖四：左邊的海報《凡爾賽玫瑰》，右邊的海報是《南太平洋》

且按照這個準則約束自己；「美麗」是完美裝扮自己，讓男人賞心悅目。現代女性主義者大概會對寶塚校訓相當感冒。正面的意義是，血腥、暴力、色情等違背「清正美」校訓的劇作不會出現在寶塚的舞台上。只有合乎女性觀眾審美情趣的劇作，才能賣出好票房。因此寶塚的觀眾們也幾乎都是女性，男性觀眾的比率不會超過5%，而這些男性觀眾，大多是陪女伴來看戲。或許日本男人寧願日本女人多看寶塚劇作，而別去碰「師奶殺手」裴勇俊這類男人的表演。當年裴勇俊的韓劇在日本播放時，造成離婚狂潮。日本女性們看了裴勇俊對戀人的多情忠誠，反觀自己的丈夫，行爲有如天壤之別，產生不滿，容易離婚。看寶塚的表演，就沒有這種問題。女觀眾不會拿男役和自己的另一半做比較，因爲男役是女人，沒得比較。不過也有女觀眾太入戲，愛上男役。例如日劇紅星天海祐希曾經是寶塚月組最年輕的男役。她的魅力吸引許多狂熱的女粉絲，甚至寫信給她，說：「為你生個孩子吧！」

圖五：寶塚的「星」組到台北國家劇院公演

寶塚男役對女性觀眾有洗腦性的影響，已到達出神入化的境界。那麼，現代的日本女子是否有將「清正美」當作她們的行爲準則？我在東京的觀察，大概沒有日本女孩對這三字訣太當眞。然而經過百年來的洗腦，「清正美」的部分特質仍然殘留在日本女性的身上，我這個路人甲隱約感受到了。

二〇一三年四月，寶塚的「星」組到台北國家劇院公演（圖五）。恰巧是旺宏電子協辦，送我兩張票券。心想，最近和寶塚歌劇團眞有緣分。這次來台的男役是柚希禮音，女役是夢咲ねね。一開場，柚希禮音低沉的嗓音，以稍帶日本口音的中文向大家問好。寶塚歌劇團在台灣演出的第一幕是《寶塚日本風》。這是日本能樂，依循「序破急」（じょはきゅう）的概念，猶如中國八股文的「起承轉合」。「序」是故事的開端、「破」是故事的中段，最精采的發展階段、「急」是故事的結局，通常有不可預料的逆轉階段。八股文四平八穩，而「序破急」則有高潮迭起的轉折。《寶塚日本

圖六：Etoile de Takarazuka

風》表現出日本傳統舞蹈秀的優雅律動。一開始表演《序：櫻花幻想曲》，唱著日本歌謠《櫻花開》，背景出現一棵開滿白花的櫻花樹，樹下穿著華麗和服的美女們跳著扇子舞。我腦海中仍有東京看櫻花的印象，對於《櫻花幻想曲》的表演更能心領神會。

寶塚強調「洋和融合」，所有古今及其他外來文化皆能吸收、轉借。《櫻花開》原來是節奏很慢的日本民謠，而寶塚表演的音樂則融入節奏很快的西洋風。舞者的動作俐落有力，卻仍能兼顧日本傳統的優雅。第二幕《怪盜楚留香外傳——花盜人》改編自古龍武俠小說，卻更像日本式的推理劇。第三幕是夢幻歌舞劇 *Etoile de Takarazuka*。Etoile 是法文的「星星」，因此 Etoile de Takarazuka 是「寶塚之星」的意思（圖六）。整個表演是拉斯維加斯式的大型豪華歌舞秀，載歌載舞的表演者穿著金光閃爍、羽飾豔麗的服裝出場，表演不少過去五十年來有名歌舞的橋段，如「康康舞」及半嫵媚半陽剛的「男女同妝」。

整個表演歌頌寶塚爲「群星之萬花筒」，頗能帶動全場的氣氛，讓觀眾盡興而歸。

我看了寶塚歌劇團表演，對於這個劇團能度過將近一個世紀，歷經兩次世界大戰，以及日本民生凋敝的艱辛歲月，相當佩服。今日寶塚更面對高科技與新消費型態的現代表演環境，頗有觀眾流失的危機，因此在編劇及表演，與時俱進，以面對挑戰。例如二〇一三年四月在台灣公演，內容特別構思，同時爲台灣人及在台日本人量身製作。第一幕的賞櫻，讓思鄉的在台日人感受到三、四月日本櫻花盛開的喜悅。而二、三幕表演過程中穿插〈雨夜花〉、〈何日君再來〉，以及《海角七號》中的歌曲如〈無樂不作〉及〈國境之南〉，雖然中文發音未臻標準，但很清楚表現出她們融合在地化表演的用心。《寶塚之星》中的歌舞橋段，頗能喚起五十歲以上觀眾的遙遠回憶，吸引一大群上了年紀的觀眾來欣賞。當年的創辦人小林一三深具企業眼光，又有文化素養，以企業利潤支持藝文事業，以企管方法經營劇團，而後續者更隨著時代脈動轉變，是國際表演事業的範例。台灣發展文創，應該好好研究寶塚的做法，例如寶塚由歌舞劇擴展到電影業的成功歷程。我小時候很愛看東寶株式會社的怪獸電影。這次到東京，才發現寶塚歌劇團和東寶株式會社有極深淵源。東寶就是「東京寶塚」，爲日本五大電影公司之一，由寶塚劇場創立於一九三二年。東寶株式會社出品了許多賣座的電影，例如黑澤明的經典之作《七武士》以及《用心棒》。黑澤明的《七武士》被史塔奇翻拍成好萊塢電影《豪勇七蛟龍》，《用心棒》則被抄襲，產生了《荒野大鏢客》。《七武士》及《用心棒》的主角都是三船敏郎（圖七）。

三船敏郎是具有國際知名度的演員。根據黑澤明的說法，一般影星的表演，通常得花上十呎底片，才能讓觀眾留下印象，而三船敏郎只要三呎底片就夠了。三船敏郎愛吃油條，來台灣時還特地以中國話指定，要吃「油炸鬼」。一九六一年三船敏郎主演了黑澤明的《用心棒》。「用心棒」是用來拴大門的橫木，日文引申爲受僱用的保鏢。在本片，三船敏郎扮演咬著牙籤、浪跡天涯的武士，演技精湛，獲得一九六一年義大利威尼斯影展最佳男主角。

圖七：三船敏郎
（Mifune Toshiro, 1920-1997）

義大利名導演李昂尼（Sergio Leone, 1929-1989）在一九六四年拍了《荒野大鏢客》（*A Fistful of Dollars*），劇情與《用心棒》一模一樣。黑澤明認爲智財權被侵犯，一狀告到美國法庭，一九六七年和解，《荒野大鏢客》才准在美國上映。這部電影捧紅了名不見經傳的伊斯威特（Clint Eastwood, b. 1930）。片中的伊斯威特咬著雪茄，很酷的玩槍，簡直就是三船敏郎叼著牙籤、玩武士刀的翻版。在三船敏郎相關文獻常提到伊斯威特，說他因模仿三船敏郎而成名，而伊斯威特相關的文獻則隻字不提三船敏郎。訴訟和解的結果，黑澤明得到《荒野大鏢客》全球票房盈利的15％和在日本、台灣，以及南韓的發行權。結果《荒野大鏢客》全球大賣，黑澤明在《荒野大鏢客》上的獲利超過了自己的《用心棒》，他的內心應該是五味雜陳。

清純、正直、美麗

二〇二〇年天海祐希（中野祐里）拿下《日刊大眾》「令人嚮往的美魔女排行榜」第三名，被形容爲「美人」。天海祐希就讀於寶塚音樂學校，之後加入寶塚歌劇團。「清純、正直、美麗」是寶塚的校訓。正面解讀，血腥、暴力、色情等違背「清正美」校訓的劇作不會出現在寶塚的舞台上。只有合乎女性觀眾審美情趣的劇作，才能賣出好票房。早期寶塚的觀眾幾乎都是女性，男性觀眾大多是陪女伴來看戲。

寶塚歌劇團都是女演員，男性角色「男役」由女演員反串。天海祐希是寶塚最年輕的主演男役。日本有女觀眾太入戲，愛上天海祐希。她的魅力吸引許多狂熱的女粉絲，甚至寫信給她，說：「請讓我為你生個孩子吧！」可見天海祐希對早期女性觀眾有洗腦性的影響，已到達出神入化的境界。

天海祐希在如日中天時退出寶塚歌劇團，之後寫給寶塚後輩幾句話：「不要成為別人的複製品，不要被他人影響，不要束縛自己局限在一個角落裡，因為世界不只一個價值觀，生活的方式不是只有一種，路是非常寬廣的。」

退團後天海祐希進入演藝界，一開始並不順暢，而終於重新建立聲譽。她主演的電視劇，一直秉持「清正美」的特質。就「清」而言，例如《女王的營養午餐》，天海祐希飾演的米其林三星主廚星野光子，一直存著清純善良的赤子之心做料理，因此美味的創新菜單不斷讓客人驚豔。一心陷害星野光子的對手，廚藝總是略遜一籌，並非技不如人，而是心不如人，「清」之力量大矣。

就「正」而言，很多電視劇將占人便宜看成「聰明」，把奸巧看成「能力強」，成爲劇情賣點。而天海祐希的角色大都行爲正直，不做奸巧之事。例如在《女王的教室》，她扮演著敢於將眞實的世界教給學生的正直老師阿久津。劇中探討一個議題：「學校是否應該給學生營造出一座美麗的伊甸園，等到他們進入社會後才發現學校和社會有著巨大的差距。」我完全認同劇中的阿久津老師，讓學生趁早體認現實的殘酷。身爲教授，我也希望能像阿久津一般正直誠實，不討好阿諛學生，而是告訴學生社會的眞相，變成「牆壁」，以擋住學生去路的方式訓練他們，如果學生們無法以自己的力量去跨越這道「牆壁」的話，他日就無法跨越社會上眞正的壁壘了。

由天海祐希扮演的角色，我們看到，清純、正直的人，呈現的氣質最美麗。

墜地的鳳凰

二〇二一年初緬甸軍方推翻民選政府翁山蘇姬，以非法進口六台無線電對講機爲理由將她羈押，引爆緬甸十多年來最大抗議潮。

回首十年前盧貝松（Luc Besson, b. 1959）拍攝電影《翁山蘇姬》（*The Lady*），由楊紫瓊扮演女主角翁山蘇姬。楊紫瓊稱這齣電影是以「政治動蕩」爲背景的「難以置信的愛情故事」。當時緬甸大規模的民主遊行遭到血腥鎮壓。翁山蘇姬帶領民眾對抗軍政府，但深知絕對不能採取以暴易暴的方法來解決國內的危機。在她最有名的演講「Freedom From Fear」，翁山蘇姬指出：「令人腐敗的不是權力，而是恐懼。失去權力的恐懼會腐蝕掌握權力的人。」因爲害怕，很多政府領導者失去了他們的遠見：「政府領導人的後知後覺令人驚訝，他們往往是最後一個知道人民想要什麼。」緬甸軍政府因爲害怕而囚禁翁山蘇姬。她在一九九〇年帶領全國民主聯盟贏得大選的勝利，但選舉結果被軍政府作廢。其後二十一年間她被軍政府斷斷續續軟禁於其寓所中長達十五年，在二〇一〇年十一月十三日緬甸大選後終於獲釋。她在一九九一年獲得諾貝爾和平獎時，仍被軟禁，由她的兒子代表領獎，他領獎時說：「讓我們希望並祈禱，從今天起，創傷開始癒合，一九九一年諾貝爾和平獎將被視為緬甸實現真正和平邁出的歷史性一步。過去的教訓不會被遺忘，我們今天慶祝的是對未來的希望。」電影情節在頒發諾貝爾和平獎時，身在緬甸的翁山蘇姬聽著海外現場廣播的樂隊演奏，忍不住跟著彈起鋼琴，與在英國的樂隊隔空合奏了卡農。這首世界最美麗的音樂連結了諾貝爾和平獎和緬甸。看到這一幕，令人感動落淚。

這部電影的評價好壞參半，歐美一般是負面的，在東方則較正面。英國評論家讚賞楊紫瓊和英國演員杜里斯（David Thewlis）的表演，卻批評導演／製片人盧貝松。美國批評家也對盧貝松負面評論。在亞洲，這部電影的接受度最爲正面。

翁山蘇姬執政後，其政府對羅辛亞穆斯林的暴行讓世人大感失望。楊紫瓊非常反對緬甸政府針對羅辛亞人的行爲，但也認爲翁山蘇姬的處境非常艱難，有難言之隱。二〇一七年十月三日英國牛津市議會撤銷頒發翁山蘇姬的牛津自由獎（Freedom of Oxford）。之後各項頒發給她的國際獎項也被取消。國內媒體「風傳媒」對翁山蘇姬下註腳：從諾貝爾和平獎得主淪爲種族滅絕代言人。翁山蘇姬獲得諾貝爾和平獎時發表的言論被檢驗，聲譽由高點跌落谷底。或許因爲國際支持度下降，緬甸軍方趁勢再度軟禁她。翁山蘇姬如同墜地的鳳凰，今日又回到十多年前的原點，是否能浴火重生？

康列紀念郵票

我的美國朋友有一套於一九二五年發行的「康科特─列星頓一百五十週年」紀念郵票，常向我炫耀。這套郵票敘述揭開獨立戰爭序幕的第一槍。康列紀念票包括三張面值一分、兩分及三分的郵票，相當珍貴。

一九九〇年間我在紐澤西州的摩里斯鎮工作。此地有很多美國獨立戰爭的遺跡，當地居民最愛誇口說：「華盛頓將軍曾在此住過。」摩里斯鎮號稱「美國革命的軍事首都」，因爲它在對抗英國軍隊時具有戰略角色。我的住家位於摩里斯鎮北邊的藍道夫鎮（Randolph）。藍道夫有紐澤西第一個鐵礦山，在獨立戰爭時提供美國大陸軍武器原料，成爲華盛頓軍隊冬季紮營時的後勤供應地。我住的房子是殖民地式的設計（圖一）。這種風格源起於十七世紀的新英格蘭殖民地，房屋的外表簡樸，裝飾很少，其設計能承受風雨，抵禦寒冬。

圖一：我家是殖民地式房舍

居住在這種充滿美國獨立時期氛圍的地方，我和太太常常藉由參訪古蹟，告訴小孩美國的歷史故事。美國獨立戰爭起因於英國苛政。一七七〇年代的北美洲是英國的殖民地，由於苛捐雜稅，逼得殖民地人民忍無可忍，由亞當斯（圖二）以及里維爾（圖三）於一七七三年十二月十六日喬裝成印地安人，混上停靠波士頓港口的英國商船，把價值不菲的茶葉全部倒入海底，成爲美國獨立革命主要的導火線之一，史稱「波士頓茶黨事件」（Boston Tea Party）。

傾茶事件激怒英國人，英國議會於一七七五年二月宣布麻塞諸塞地區處於叛亂狀態。英屬北美指揮官派出四千人到波士頓。英國的情報消息指出，在波士頓附近的康科特（Concord）儲存叛逆者的軍火，於是在四月十八日連夜派出七百

圖二：亞當斯（Samuel Adams, 1722-1803）

圖三：里維爾（Paul Revere, 1734-1818）

圖四：愛默生（Ralph Waldo Emerson, 1803-1882）

人英軍部隊去掃蕩。波士頓茶黨事件的里維爾等人趕緊到康科特通風報信。四月十九日凌晨，英軍來到距離康科特六英里的小村莊列星頓（Lexington），遭遇到七十七名村民的武裝反抗。這些武裝村民行動迅捷，只要一聽到警報，在一分鐘內就能集合投入戰鬥，號稱「一分鐘人」（Minutemen）。康列紀念票的五分錢郵票複製了法蘭屈（Daniel Chester French, 1850-1931）於一八七五年製作的《一分鐘人》雕像。人像兩旁有一段文字，是愛默生（圖四）於一八三七年寫的詩 The Concord Hymn 的第一段。法蘭屈的《一分鐘人》雕像的手提著槍，是準備打戰的警戒架式。一九一六年後美國以「一分鐘人」這群民兵爲藍本，成立了國民防衛隊。

英美雙方首次在列星頓接觸，互相射擊，民

兵人少，地形不利，被殺掉幾個人後，分散掩蔽，很快就鳥獸散，撤離戰場。英軍初戰告捷，士氣大振，直奔康科特，來到鎮上時，已是旭日東昇，但街道空蕩。英軍大肆搜索，沒有斬獲，正要離開時，埋伏在四處的村民向英軍展開射擊。英國軍官根本沒把這幾十個衣服破爛的民兵放在眼裡，騎在馬上舉起指揮刀，下令反擊。康列紀念票的二分錢郵票名爲「自由的誕生」（Birth of Liberty），複製了桑達姆（Henry Sandham, 1842-1910）的作品《自由的曙光》。圖中康科特的槍戰激烈。這場戰鬥一直持續到黃昏，民兵犧牲了九十餘人。英軍則處於劣勢，死傷近二百五十人，一路朝波士頓方向退卻，沿途遭到民兵的不斷襲擊，狼狽不堪。

康科特衝突的數月後，華盛頓在麻州的劍橋誓師，擔任大陸軍的指揮。康列紀念票的一分錢郵票名爲「在劍橋的華盛頓」（Washington at Cambridge），描繪出一七七五年七月華盛頓校閱大陸軍。這張郵票的圖案源於十九世紀的版畫，原畫中的華盛頓騎在馬上校閱立正站好的士兵們。而郵票中的華盛頓則是跳下了馬背，和士兵們一樣站立，隱喻華盛頓親民，和士兵一律平等。圖中的軍隊排列井然有序，顯示大陸軍已有萬全準備，蓄勢待發。其實當華盛頓到達劍橋時，大陸軍是一團亂，槍械五花八門，人員混亂無序。大陸軍的官兵也懷疑，爲何要聽命於華盛頓這個局外人。華盛頓很認眞地整頓紀律，讓士兵們了解必須服從命令。大陸軍的官兵被稱爲洋基（Yankees），代表北美移民，到了後來的南北戰爭，洋基成爲北軍的代名詞。

美國國父

我們在台灣被教育美國國父是華盛頓，其實美國人並無此說法。華盛頓被國民政府拿來當樣板，用來烘托孫中山為國父。對日抗戰時，為了爭取美援，中國也將蔣介石比擬華盛頓，爭取美國同情，說蔣介石是中國的基督教將軍，對抗日本的異教徒。其實蔣介石和華盛頓最相似之處是，兩人都是一口假牙。

一七七五年八月二十三日英王宣布美洲殖民地的反抗運動為非法，英國當局正式調兵五萬人來鎮壓殖民地。殖民地人民則堅持獨立自主，於一七七六年六月宣布脫離英國。殖民地領導者包括拉許（圖一）以及漢考克（圖二）皆是獨立陣營的要角，被稱為「美國之父」（Founding Fathers of the United States）。所以美國有好幾個爸爸，不只是華盛頓。美國獨立宣言的起草，由富蘭克林（Benjamin Franklin, 1706-1790）與亞當斯（John Adams, 1735-1826，後來成為美國第二

圖一：拉許
（Benjamin Rush, 1745-1813）

圖二：漢考克
（John Hancock, 1737-1793）

任總統）等五人組成的會議負責，這個歷史場面變成美金二元鈔票背面的圖案。漢考克在美國獨立宣言的簽字特別大，引人側目，因此「John Hancock」在美國成爲簽名的同義字。在電影《國家寶藏》（*National Treasure*）中，凱吉（Nicolas Cage）偷到原版獨立宣言時，就是先檢查漢考克的簽字。這部電影的人物都用了獨立戰爭中英美兩軍領導人的姓氏。例如男主角蓋茨（Benjamin Franklin Gates）用了富蘭克林的名字及大陸軍將軍 Horatio Gates 的姓氏，女主角卻斯（Abigail Chase）則用了亞當斯的太太艾碧蓋爾（圖三）的名字，反派角色豪（Ian Howe）用了英軍將軍 Richard Howe 的姓氏，警探桑達斯基（Peter Sandusky）的姓氏則取名於一七八二年時獨立戰爭中的桑達斯基遠征（Sandusky Expedition）。

圖三：艾碧蓋爾
（Abigail Adams, 1744-1818）

女性的爭取人權也伴隨美國獨立戰爭，醞釀進行著。一七七六年三月三十一日，艾碧蓋爾寫信給她的丈夫約翰．亞當斯，敦促他和大陸會議（Continental Congress）的其他成員注意，當美國和英國進行獨立戰爭時不要忘記美國的婦女。她說：「比起你們的祖先，我希望你們會對待女性更為慷慨。」艾碧蓋爾說的「Remember the Ladies」足以名垂千古。

羅斯福夫婦

美國歷任總統中，夫妻兩人同時受到極大尊重的首推小羅斯福夫婦。一九四一年一月羅斯福在國會給了著名的「四個自由」的演講（Four Freedoms Speech），提到人類四大基本自由：言論自由（Freedom of Speech）、信仰自由（Freedom of Worship）、免於匱乏的自由（Freedom from Want）和免於恐懼的自由（Freedom from Fear），感動了許多美國人。插畫家洛克威爾（圖一）聽完羅斯福的演講，決定創作四幅油畫來闡述「四個自由」。由於盟軍在歐洲的戰場受到挫折，洛克威爾對這項工作有急迫的使命感，竭盡思慮，拚命趕工，以七個月時間完成這個系列的四張畫時，瘦了近五公斤。這四幅畫於一九四三年在《星期六晚郵報》（*The Saturday Evening Post*）連續轉載四個星期，伴隨了幾位當代著名思想家寫的散文。當中《免於匱乏的自由》更成為經典畫作，被稱為「洛克威爾的感恩節」（Norman Rockwell's Thanksgivings）。美國拿這四張畫來籌

圖一：洛克威爾
（Norman Rockwell,1894-1978）

圖二：羅斯福夫人
（Eleanor Roosevelt,1884-1962）

募戰爭基金（War Bonds），發揮極大的號召效果，成功地募集到一億三千萬美金（相當於今日十八億美金），一直到今日，羅斯福的「四個自由」成爲名言，而洛克威爾的四幅畫也成爲他的重要代表作。

一九四三年在開羅會議舉行前，宋美齡先到華府白宮拜會羅斯福總統。她知道羅斯福有集郵嗜好，特別帶來一套中國各時期的郵票相贈。羅斯福夫人（圖二）代爲接受，非常開心。羅斯福夫人心地善良，十分同情中國的抗日作戰，初次見面，立刻喜歡上宋美齡。宋美齡受邀到美國國會演講，陳述中國抗日戰爭的艱難困苦，以及中國人民不屈不撓的抵抗意志，獲得正面的迴響。國會演講後的第二天，在白宮總統橢圓形辦公室舉行記者會，羅斯福坐在宋美齡右邊，像個縱容小孩的叔叔，邊抽菸邊介紹「侄女」，說：「蔣夫人是個與眾不同的特使」，要求記者不要問難以回答的問題。宋美齡在記者會說：「中國在人力上已盡全力，但缺少軍火，中國不缺訓練有素的飛行員，但沒有足夠的飛機和汽油。」而羅斯福則回應：「我們將以上帝所允許的速度，把物資運往中國。」有位記者問及飛虎隊在中國表現如何？宋美齡極力讚揚美國志願飛行員對中國抗戰的貢獻。羅斯福夫人坐在宋美齡左邊，在整個記者會過程中，手一直放在宋美齡的椅子上，似乎在護衛著她。

羅斯福夫人極受世人敬重，她善用第一夫人的辦公室以及大眾媒體，被譽為世界的第一夫人（First Lady of the World）。羅斯福夫人的紀念碑（The Eleanor Roosevelt Monument）在一九九六年紐約市曼哈頓的河岸公園（Riverside Park）落成，這是第一座美國第一夫人的紀念碑。

女性出頭天

圖一：伍德哈爾（Victoria Woodhull,1838-1927）

美國政治漫畫之父那斯特（Thomas Nast, 1840-1902）在一八七二年畫一幅漫畫，將畫中的主角伍德哈爾（圖一）形容爲惡魔女人（Ms. Satan）。當中長著翅膀的女撒旦以自由戀愛（Free Love）引誘被先生操勞過度的黃臉婆。這個負擔沉重的妻子拒絕被伍德哈爾引誘，說：「我寧願走婚姻中最艱難的路途，也不跟隨妳的腳步（I'd rather travel the hardest path of matrimony than follow your footsteps，圖二）。」

圖二：那斯特將伍德哈爾畫成女撒旦

伍德哈爾是一位生活多采多姿而喜歡叛逆傳統的美麗女人，很多人認爲希拉蕊（Hillary Clinton）是第一位競選美國總統的女性，其實第一位女性美國總統候選人是比希拉蕊早一百三十六年的伍德哈爾。她在一八七二年宣布和格蘭特競選總統。最令人讚歎其勇氣的是，當時女性尚未有投票權，爲女性爭取投票權的第十九修正案要到五十年後才會在國會通過，因此在一八七二年的選舉日，伍德哈爾無法投給自己一票。伍德哈爾是由平權黨（Equal Rights Party）推舉出的總統人選，主要政見是爭取女性權利。當時她三十四歲，眞正是「有志不在年高；無謀空言百歲！」只可惜她太年輕，年齡並不符合美國的規定（必須年滿三十五歲才有資格成爲總統候選人）。伍德哈爾的副總統人選是道格拉斯（圖三）。道格拉斯在南北戰爭前是黑奴，他逃離奴役，以他的辯才核算美國奴隸黑人的罪行，豎立了民族的良知（After escaping from slavery, he pricked the nation's conscience with an eloquent accounting of its crimes）。今日我們無法得知道格拉斯是否同意與伍德哈爾搭檔競選，如果他同意，那麼他會是美國第一位黑人副總統候選人。

圖三：道格拉斯
（Frederick Douglass, 1818-1895）

伍德哈爾的一生充滿爭議，因此和她同樣爭取女權的斯坦頓（Elizabeth Cady Stanton, 1815-1902）及安東尼（Susan B. Anthony, 1859-1947）都避她而遠之，不和她來往。伍德哈爾的思想遠遠領先世人，連當年女權運動者都無法想像其理想，無法認同她，伍德哈爾是名符其實的大夢想家。而女性出頭天擔任國家領袖的夢想，在二十一世紀已見怪不怪，例如德國、英國以及台灣，都有女性元首。伍德哈爾在天之靈或許會有點失落，美國尚未出現女性元首。

美國總統的魔咒

圖一：哈里森
（William Henry Harrison, 1773-1841）

二〇二〇年美國總統大選，鬧得刀槍劍戟，鑼鼓喧天，全世界震動，讓我想起美國總統的詛咒。話說一八一二年美國向英國宣戰，爆發了「第二次獨立戰爭」，在美洲大戰。印第安肖尼族（Shawnee）的酋長特庫姆塞（Tecumseh, 1768-1813）和英國結盟，對抗美軍。這位驍勇善戰的酋長死於一八一三年和哈里森（圖一）對壘的泰晤士之戰（Battle of the Thames）。征戰之前，特庫姆塞散發財產，令族人感佩。他名列美國十大印第安酋長之一，一生奔走聯合不同印第安部落，成立統一的國家，抗拒白人擴張。

哈里森原本想當醫生，但繳不出醫學院的學費，只好投筆從戎。他能征善戰，官運扶搖直上。一七九八年他被任命爲印第安納州長，從印第安人手中收購土地，同時確保他們得到公平待遇。哈里森在一八一一年的帝珀卡努戰役（Battle of Tippecanoe）擊敗特庫姆塞，很得意地給自己取了綽號「老帝珀卡努」（Old Tippecanoe），並在一八四〇年競選美國總統時做了一首歌〈帝珀卡努和泰勒〉（Tippecanoe and Tyler Too），當中的泰勒（Tyler）是和哈里森搭檔的副總統人選。這首歌提醒選民們不要忘掉他的英雄事蹟，果然將哈里森唱進總統府。

死不瞑目的特庫姆塞留下了有名的帝珀卡努詛咒（Curse of Tippecanoe）。一八一一年之後，特庫姆塞釋放他抓到的美國俘虜，要他們帶口信給哈里森，說：「如果哈里森獲勝成為最高首領，他將死在任上。」俘虜爭辯道，美國還沒有哪個總統死在任上的。特庫姆塞很有自信地說：「哈里森會死的……他死的時候你們將會想起我的族人之死。我令太陽黯淡無光，使印第安人戒除烈酒，你們不要以為我已經失去了法力。我告訴你，哈里森會死的，而且自他之後每二十年選出的最高首領都會死。他們的死亡，會讓每個人記住我們印第安人民的死亡。」

果然，由哈里森以降，凡在尾數爲〇的年分當選的總統不是被槍殺就是猝死在辦公室裡。哈里森在就職典禮後一個月，突然去世。接下來是一八六〇年的林肯（Abraham Lincoln, 1809-

1865）、一八八〇年的加菲爾德（James Abram Garfield, 1831-1881）、一九〇〇年的麥金利（William McKinley, 1843-1901）、一九二〇年的哈定（Warren Gamaliel Harding, 1865-1923）、一九四〇年的羅斯福（Franklin Delano Roosevelt, 1882-1945），以及一九六〇年的甘迺迪（John Fitzgerald Kennedy, 1917-1963）。

一九八〇年當選的雷根（Ronald Reagan, 1911-2004）則在任內遭到槍擊，逃過一劫。據說第一夫人南茜愛夫心切，請靈媒以及占星家來保護雷根免受詛咒的影響，雷根果然安全下莊。然而二〇二〇年美國總統大選，又逢尾數爲〇的年分。南茜已於二〇一六年仙去，無法再找靈媒，只能靠大家集氣，祈禱天佑美國，天佑全世界。

大烏龜布恩

我多次訪問耶魯大學，在該校的貝尼克圖書館看到一八二六年庫柏（圖一）寫的小說手稿《最後的墨西根人》。庫柏是美國早期最具國際聲望的美國作家，但其作品很難讀，我大部分看不懂。《最後的墨西根人》的主角是我小時候喜歡的美國西部拓荒英雄布恩（圖二）。

一九六六年有一部電影《西方遊俠》，描述布恩在森林裡倒退跑，腳印引導印第安人朝相反的方向追蹤，還吹牛說自己是神槍手，能打中狗熊鼻子上的跳蚤，我小時候看得樂不可支。而真實世界的布恩，一生的經歷比電影精采。他小時候與印第安人爲鄰，十二歲時有了自己的獵槍，如同印第安人一般打獵。他一生無拘無束，熱愛自由和冒險，是拓荒者與探險家。

布恩的故事可由一七五五年談起。英法兩國在一七五四至一七六三年間發生「七年之戰」，戰場遍及歐陸及北美洲，而北美洲的部分又稱爲「法國與印地安戰爭」，印地安人與法國結盟，

圖一：庫柏
（James Fenimore Cooper, 1789-1851）

圖二：布恩
（Daniel Boone, 1734-1820）

與英國對壘。一七五五年布恩和華盛頓站在英國這一邊，都是民兵軍官，隨著英軍二千人馬開往杜魁斯要塞，和印地安人作戰。此役英軍大敗，華盛頓死了兩匹坐騎，衣服被四顆子彈射穿。布恩則隨敗軍逃竄，卻另有收穫，在軍中得知在阿帕拉契山脈彼端有一片美麗的水草地，深深被吸引，決定要尋找這塊樂土。

一七五六年，布恩與鄰家女孩布蘭（圖三）結婚。布恩說：「完美的幸福是一桿好槍、一匹好馬和一位好妻子（All you need for happiness is a good gun, a good horse, and a good wife）。」他娶了賢慧的妻子，爲他生了十個兒女。

婚後不久，布恩就出發去尋找新天地。他的配備包括肩上掛著一袋鹽，腰間別著小刀及牛角製火藥筒，背上扛著一把賓州來福槍。他以

圖三：布蘭
（Rebecca Bryan, 1739-1813）

槍獵食，以鹽佐味，經過二十幾年奔波，布恩於一七七五年帶領三十個伐木工人鑽爬山間小道，通過了坎伯蘭峽，發現由北卡羅來納到肯塔基（Kentucky）的荒野之路，開拓了一條可以走馬車的大道，長三百英里。在新天地放眼望去，看到一片藍色的草原，因此後來的肯塔基州被稱爲「藍草之州」，在十九世紀前有超過二十萬美國移民循著布恩指示的荒野之路到肯塔基。這條路開通不久，布恩和他家人在肯塔基建造了小木屋和堡壘，草創布恩堡，是阿帕拉契山脈以西最早的美洲殖民地。

一七七五年美國獨立戰爭爆發，印第安人想要奪回失去的肯塔基家園，與英國人結成聯盟，不斷襲擊布恩堡。撐到一七七六年，很多殖民者受不了，放棄肯塔基，回到東部。肯塔基只剩下不到二百個殖民者，包括堅守布恩堡的布恩一家人。一七七六年七月，布恩的女兒潔麥瑪（Jemima）和另外兩個十幾歲的女孩在布恩城外被切諾基（Cherokee）及肖尼（Shawnee）印第安人劫持。潔麥瑪很機警地沿路留下足跡，布恩帶著幾個人，馬不停蹄地追了兩天兩夜才找到潔麥瑪。布恩趁印第安人吃飯時突然襲擊，解救了女孩們。印第安人雖然劫持女孩，卻也彬彬有禮。潔麥瑪說：「印第安人盡可能善待我們……」我在耶魯大學的貝尼克圖書館看到一八二六年庫柏寫的手稿《最後的墨西根人》，即以此事件爲藍本。

一七七八年布恩被肖尼族印第安人俘虜。根據肖尼族傳統，會在俘虜中挑選健壯者來收養，以替代被殺的印第安戰士，補充兵源。由於布恩強壯有力，身手矯健，是打獵的一把好手，印第安人相當中意，收養了他，取名大烏龜（Big Turtle）。他找到機會逃脫，趕回布恩堡，提醒肖尼族正謀劃攻擊。布恩堡及時防備，雖然人數遠少於印地安人，終能擊退肖尼族戰士的圍攻。

一七七九年，布恩帶領更多移民到肯塔基，沿路狩獵時隨身攜帶兩本書：《聖經》和《格列佛遊記》，常念故事給大家聽，還吹牛說他殺了一個《格列佛遊記》提到的巨大長毛雅虎（Yahoo）。移民當中有一位名叫林肯，這位林肯的同名孫子成了美國的第十六任總統。林肯總統逢人就洋洋得意地說，自己的爺爺認識布恩。一七九二年，肯塔基成爲美國第十五州，布恩有極大的貢獻，因此一九四二年發行的紀念郵票，描繪出一七六九年時布恩帶領拓荒者看到藍色的草原。

一七九九年布恩決定去密蘇里。他對他的朋友說：「這裡太多人了，太擠了，我需要多一點空間！」之後在八十歲那年，還跟幾個小伙子外出狩獵，一直走到懷俄明州境內的黃石河。黃石河穿過黃石國家公園，流向北方。布恩說：「在這兒，自然界是一連串驚奇以及喜悅之情的基石。」

美墨戰爭

美國獨立後，就一直在美洲擴張領土。尤其侵略墨西哥，奪取其一半領土。一八四六年美墨戰爭，美國擊敗墨西哥，最優異的指揮官非美方莫屬，包括泰勒及史考特。泰勒（圖一）的暱稱是「Rough and Ready」（簡單粗糙但堪用的意思）。在美墨戰爭時他主導了權宜但有效的軍事行動，占領了墨西哥北部幾個具有戰略地位的省分。而最重要的美軍指揮官是史考特（圖二），史考特指揮作戰時會考慮到所有細節，甚至出兵時會避開黃熱病季節。他進攻墨西哥城的軍事行動可圈可點，歷史學家給予極高的評價。據說在滑鐵盧打敗拿破崙的威靈頓公爵（Duke of Wellington）曾說：「史考特是最偉大的存活的軍人（Scott is the greatest living soldier）。」由於他對軍事紀律相當堅持，也愛華麗，因此有個綽號「Old Fuss and Feathers」，也暗虧他喜歡大驚小怪。歷史學者佩斯金（Allen Peskin）說，當他寫加菲爾德總統（James Abram Garfield, 1831-1881）傳

圖一：泰勒
（Zachary Taylor, 1784-1850）

圖二：史考特
（Winfield Scott, 1786-1866）

記時，人們問他爲何寫（a common reaction was “Why?”）。當他寫史考特傳記時人們問他這個人是誰（they asked: “Who?”）。佩斯金感慨說，大家很快就忘掉這位偉大的軍人。美國南北戰爭時兩方主要的將領，幾乎都在美墨戰爭時跟隨過史考特及泰勒。他們兩位也同時競選第十二屆總統，結果是泰勒勝出。

美國軍官的素質遠勝墨西哥，因此美軍打贏了每一場主要戰役。墨西哥最好的軍官是總統安納（Santa Anna, 1794-1876），其餘的軍官就相形失色。安納擅長帶兵戰鬥，但懲罰異常苛刻，二十八歲時就已晉升將軍，擁有嬌妻和大片的土地，在一八二九年抵抗西班牙，成爲墨西哥的英雄。但是和美軍對壘，他的失敗也同樣聲名狼籍。他呼風喚雨，揮霍無度，喜愛收集拿破崙的

圖三：托西塔
（María de los Dolores de Tosta, 1827-1886）

用品，有「西方拿破崙」的綽號。安納五十歲時再娶十六歲的美女托西塔（圖三），也和許多情婦生下不少私生子。他的一生起起伏伏，最後於一八七六年在貧困中死去。

美墨戰爭時墨西哥人相當英勇，只可惜領導的貴族階層爭權奪利，最後還是妥協投降。這是一場美國的侵略戰爭，導致墨西哥喪失一半國土。美國逆取順守，將奪得的土地好好經營，人民生活富足，造就美國在美洲的共主地位。

邊城之戰

美國總統川普上任後就一直宣稱要築高牆，要阻止墨西哥非法移民。其實美國南部邊境有一大片土地原來是墨西哥的領土呢。一八三〇年代，美國拓荒者和墨西哥政府爭奪土地，有許多可歌可泣的故事。有一部電影老片《邊城英烈傳》（*The Alamo*）由韋恩（圖一）於一九六〇年自導自演，獲奧斯卡最佳音樂獎，片中的插曲〈夏日的綠葉〉（The Green Leaves of Summer）更是流行至今。電影敘述的故事在歷史上眞有其事，號稱「阿拉莫最後一役」。自十八世紀後期，德州的阿拉莫（Alamo）成爲墨西哥駐軍堡壘。一八二五年，「德克薩斯之父」奧斯丁（Stephen Fuller Austin, 1793 –1836）率領美國人成功殖民於德州。隨著美國移民急遽增加，墨西哥政府苛刻對待移民，產生摩擦，移民德州的人們發聲要求獨立。

一八三五年，美國煽動由北美移民到德克薩斯地區的地主叛亂，加入美國。一批北美移民志

圖一：韋恩
（John Wayne, 1907-1979）

圖二：特拉維斯
（William Travis, 1809-1836）

願軍攻占阿拉莫城堡，將墨西哥政府軍趕走。一八三六年春，墨西哥總統安納（Santa Anna, 1794-1876）率領六千名精兵圍攻阿拉莫。阿拉莫城堡內的德州志願軍人數不到二百名，涵蓋各種職業。這群民兵在特拉維斯（圖二）、鮑伊（圖三）以及克羅克特（圖四）的指揮下死守城堡十三天，對抗墨西哥大軍，最後彈盡糧絕，孤立無援，全軍覆滅。

特拉維斯原本是一位律師，阿拉莫圍城時他二十六歲，是年輕氣盛的中校。特拉維斯奉休斯頓將軍（Samuel Houston, 1793-1863）之命，率領正規軍，堅守阿拉莫城，替休斯頓爭取時間，以整頓軍備。圍城的第八天，城內僅有一百五十名兵力，無法抵擋墨西哥大軍。特拉維斯派人向外求援，有三十二個自願者響應，由鄰近的岡薩雷

圖三：鮑伊
（James Bowie, 1796-1836）

圖四：克羅克特
（David Crockett, 1786-1836）

斯（Gonzales）前來救援，然而杯水車薪，無濟於事。〈勿忘阿拉莫〉（Remember the Alamo）這首歌敘述，當特拉維斯知道必敗無疑時，集合阿拉莫城內的民兵，在他們面前伸出長槍，在地上劃線爲界，要求主張獨立的人站過來，想活命的可離去，不必犧牲性命。結果有一百八十七人跨線，願意與特拉維斯並肩作戰，只有一人離去。圍城時鮑伊及克羅克特恭逢其會，率領自願軍加入戰局，他們的軍事戰略看法不一致，但爲了抵抗強敵，互相容忍對方，終能堅守城池十三天，擋住十數倍兵力的墨西哥軍隊，最後全部壯烈犧牲。

阿拉莫圍城的領導人之一的鮑伊是熱血男兒，個性好鬥，常喜與人單挑。他使用獨特的獵刀，其刀尖上翹，且有護手，被稱爲鮑伊刀

（Bowie Knife），流傳至今日。電影《第一滴血》中著名的藍波刀，其實是刀背帶鋸齒的鮑伊刀。阿拉莫圍城第十三天，鮑伊垂死前躺在床上，仍持槍上藥粉，仰面朝天，躺著殺了幾個墨西哥士兵。

另一位領導人物克羅克特是西部的傳奇人物，被稱爲「荒野邊界之王」（King of the Wild Frontier）。他支持德州成爲獨立共和國。他說：「共和國，我喜歡聽到這個詞兒。它意味著人們可以自由地生活、自由交談。來或往、買或賣、醉或醒，任憑他們選擇。」他的名言是：「永遠確定你是對的，然後勇敢向前行（Always be sure you are right, then go ahead）。」出發前往阿拉莫城前，他穿著獵裝，戴著浣熊皮帽（Coonskin Cap），手持心愛的來福獵槍，很有信心地告訴小女兒瑪蒂爾達（Matilda），事情很快就會結束，家人可來德州團聚。圍城之時，克羅克特輕鬆地唱歌微笑，眼睛則露出英勇與激烈的神情。他死在城堡的教堂和軍營大樓之間，周圍有超過十六具墨西哥士兵的屍體。一九五〇年代，克羅克特的傳奇再起，迪士尼（Walt Disney, 1901-1966）在一九四八年說：「現在正是最好時機，讓我們再了解這些具代表性的雄壯、開朗、精力充沛的民間傳奇英雄（It was time to get acquainted, or renew acquaintance with, the robust, cheerful, energetic and representative folk heroes）」，並拍攝一系列克羅克特傳奇的電視影集。我小時候看這部電視影集時，一下就迷上了克羅克特頭戴的浣熊皮帽。

第三位領導人物是特拉維斯。他負責指揮來福槍隊，轄下的上尉狄金森（Almaron Dickinson, 1800-1836）負責操作加農炮，而其他民兵則負責補給彈藥。狄金森將太太及幼女藏在教堂，戰到最後，狄金森衝入教堂，交代他的太太蘇（Sue）：「我的天，蘇！墨西哥軍已破城而入，我們大勢已去。如果他們饒妳一命，要愛我們的小孩（Great God, Sue! The Mexicans are inside our walls! All is lost! If they spare you, love our child）。」隨即返回崗位，在最後一刻戰死。墨西哥軍隊屠城，只留下三個活口，包括狄金森太太及女兒。墨西哥總統安納要求狄金森太太宣傳墨西哥強大的軍力，讓德州的反抗勢力知難而退。

《邊城英烈傳》電影敘述此次戰役的史實。當中飾演狄金森太太的是女影星奧布賴恩（Joan O' Brien, b. 1936）。她出生於一九三六年二月十四日，而一百年前的二月十四日，阿拉莫城下雪寒冷，減緩墨西哥的行軍速度，幫德州民兵爭取到更多備戰的時間，導致阿拉莫之役延後到二十三日才爆發，也是一個巧合。我另外注意到電影中每個狄金森太太出現的鏡頭，她的女兒都如影隨形地跟著她。

阿拉莫城的民兵阻擋墨西哥軍隊十三天，爲美國指揮官休斯頓將軍（圖五）爭取了寶貴的時間，組織四百人的軍隊。阿拉莫城破後休斯頓在岡薩雷斯迎接逃離戰場的狄金森太太。狄金森太太告知墨西哥安納總統的強大兵力後，休斯頓極爲震驚，指示居民避難，收兵向東撤退。當時下

圖五：休斯頓
（Samuel Houston, 1793-1863）

圖六：拿破崙
（Napoléon Bonaparte, 1769-1821）

雨泥濘，休斯頓退得相當狼狽，史稱「Runaway Scrape」，是「速逃後退」的意思。很多德州人不諒解休斯頓的撤退，說他是懦夫。在撤退時，休斯頓集結一路前來投靠的民兵達一千五百人，並對這群烏合之眾進行基本的軍事訓練。墨西哥總統安納將軍隊分爲三支，企圖包圍德州人，當中一支追趕到休斯頓。一八三六年四月二十一日中午，這一支墨西哥軍隊在聖哈辛托（San Jacinto）紮營午休（Siesta）時，遭到休斯頓率領數百兵力偷襲。行動之前休斯頓精神講話，勉勵部下毋忘阿拉莫（Remember the Alamo）。休斯頓將兵力布署在布法羅河口（Buffalo Bayou），地點隱蔽性佳，但也無路可撤退，可謂背水一戰。經過不到十八分鐘的戰鬥，一舉擊敗了安納所率領的六百人軍隊並俘虜了安納本人。安納被迫簽下

《貝拉斯科條約》（*Treaty of Velasco*），承認德州的獨立。在此一役，休斯頓腳踝中彈，回美國療傷。一八三六年八月四日，「德克薩斯之父」奧斯丁宣布參選德克薩斯共和國總統。因爲他幫助舊移民，貢獻很大，讓他很有自信會當選。沒想到，在選舉前兩週殺出程咬金，休斯頓在八月二十日也宣布要參選總統。奧斯丁嘆氣：「很多舊移民太盲目了，無法看清他們真正要的是啥，就會投他（休斯頓）一票（Many of the old settlers who are too blind to see or understand their interest will vote for him）。」一八三六年九月，休斯頓被選爲德克薩斯共和國的首任總統。爲了紀念休斯頓的功勳，德州第一大城市以他命名，而四月二十一日則被定爲聖哈辛托日（San Jacinto Day）。

號稱「西方拿破崙」的安納消滅了阿拉莫城堡的民兵。他若遇到拿破崙本尊，會有何結局？拿破崙（圖六）於一八一五年在滑鐵盧（Waterloo）戰敗後被囚禁在大西洋聖海倫娜小島（St. Helena），最後死於一八二一年。賽林（Shannon Selin）寫一本小說《拿破崙在美洲》（*Napoleon in America*），假設拿破崙在一八二一年逃離小島，來到美洲，那麼啥事會發生？小說敘述拿破崙在一八二一年病危時被部下救出，來到美國的紐奧爾良（New Orleans）。此時各方人馬來探訪他，他的舊部希望他再度征服法國；在加拿大的法國人希望他能將加拿大由英國人手中解放；美國的冒險家希望他由墨西哥手中搶奪德克薩斯，而他的兄弟約瑟夫（Joseph）則求他到紐澤西平靜地安享天年。本文不敘述小說情節的發展，而是想像其他的可能性。

如果拿破崙被困阿拉莫，那麼他會和自封爲「西方拿破崙」的安納對決，也必能打敗安納，而阿拉莫戰役結局會大不相同。爲何拿破崙能戰勝安納？安納以向心作戰方式圍攻阿拉莫城堡，美國人苦守城堡，戰敗是遲早的事。而拿破崙擅長內線作戰，以寡擊眾，是向心作戰的剋星。拿破崙不會死守城堡，而是會不斷地保持主動，隨時抓住敵人的弱點，出城迎戰，利用小部隊快速地運動，達到迅速決戰的效果。美國牛仔專精在騎馬奔馳時射擊，很適合拿破崙的戰術。阿拉莫戰役時，美國牛仔們以己之短對敵之長，被動防衛城堡，難怪失敗。

少年英雄

圖一：波爾克
（James Knox Polk, 1795-1849）

一八四五年德克薩斯加入美國，成為美國第二十八個州，引爆美墨爭端。當時的美國總統波爾克（圖一）雄才大略，致力於領土擴張，說這是「昭昭天命」（Manifest Destiny）。有一幅畫 American Progress 詮釋美國向外擴張的「昭昭天命」，畫中一群西部拓荒者由哥倫比亞女神（Lady Columbia）引導，女神手中還拉著電報線，一路布建到西部，代表將新科技（光明）由東部帶到黑暗的西部。

一八四六年美墨戰爭（Mexican American War, 1846-1848）爆發，美國向墨西哥宣戰，入侵墨西哥，奪取今日的新墨西哥州（New Mexico）和加利福尼亞州（California）。美軍船堅炮利，勢如破竹，一八四七年兵臨墨西哥城下。墨西哥軍隊奮勇抗擊，經過激戰後，雙方死傷慘重，最後美軍攻占了墨西哥城，導致墨西哥總統安納被免職。

墨西哥城圍城時，墨西哥人英勇奮戰，當中以一八四七年的查普爾特佩克山之役（Battle of Chapultepec）最爲壯烈。經過二小時激戰，墨西哥軍無法抵擋，指揮官下令撤退。當時有六名軍事學院的少年學生違抗命令，不肯後退，與敵軍展開了白刃格鬥。這些學生是十九歲的德拉．巴雷拉（圖二a）、十三歲的馬爾克斯（圖二b）、十四歲的蘇亞雷斯（圖二c）以及十五到十九歲的愛斯庫提亞（圖二d）、梅爾加（圖二e）與奧卡（圖二f）。戰鬥到最後，六人皆壯烈犧牲，當中最後一位學生愛斯庫提亞將墨西哥國旗纏繞在身上，跳下城堡，以免國旗落入敵人手中。這六人被稱爲「少年英雄」（Los Niños Héroes）。

六位少年中最年長者是德拉．巴雷拉，除了學生身分，他也在軍校自願擔任工程學老師，在保衛城堡炮台（位於今日查普爾特佩克公園入口）時犧牲。愛斯庫提亞的屍體被發現在山的東側，旁邊則是馬爾克斯的屍體。美墨戰爭爆發時馬爾克斯才剛入學軍校，是六位英雄中最年輕者，尚未接受高深的軍事教育，卻能視死如歸。梅爾加一個人試圖阻止在城堡北側的敵人而犧牲。奧

圖二c：蘇亞雷斯
（Vicente Suárez）

圖二b：馬爾克斯
（Francisco Márquez）

圖二a：德拉·巴雷拉
（Juan de la Barrera）

圖二f：奧卡
（Fernando Montes de Oca）

圖二e：梅爾加
（Agustín Melgar）

圖二d：愛斯庫提亞
（Juan Escutia）

卡則在圍城時單獨在城堡內抵擋敵人，毫不畏懼。他於一八四七年一月二十四日入學軍校，九月十三日殉國。他的個人紀錄上寫著：「為國家而死於一八四七年九月十三日。」

墨西哥人感念六位少年英雄的犧牲，將他們的肖像放在墨西哥的五千披索紙幣。一九六八年夏季奧林匹克競賽的射擊項目的靶場命名爲蘇亞雷斯（The Vicente Suárez Shooting Range）。墨西哥將九月十三日定爲國慶假日，紀念六位少年的英雄事蹟。今日查普爾特佩克城堡成爲公園，在此埋葬少年英雄，立了紀念碑。城堡樓梯上的屋頂有一幅大型壁畫描述愛斯庫提亞帶著墨西哥國旗跳下城堡的情景。一九四七年四月五日，美國總統杜魯門（Harry S. Truman）來到紀念碑前，獻上花環，鞠躬默哀。美國記者問他，爲何如此。杜魯門回答：「勇敢的人不屬於任何一個國家，只要看到勇敢事蹟，我就會表達我的尊敬（Brave men don't belong to any one country. I respect bravery wherever I see it）。」

惠特尼

圖一：惠特尼（Eli Whitney,1765-1825）

我多次參觀耶魯大學的藝術畫廊（Yale University Art Gallery），常常會看到畫廊懸掛該校傑出校友的油畫肖像。當中一幅是惠特尼，我臨摹如圖一所示。

影響惠特尼一生的是「美法準戰爭」（Quasi-War, 1798-1800），而它又影響了六十年後的美國南北戰爭。歷史的鏈結實在太奇妙了。美法準戰爭的發生，也是令人意外。美國獨立戰爭時美法聯盟，和英國打得天昏地暗。美國獨立之後，卻忘恩負義，旋即和法國起衝突，稱爲「美法準戰爭」。起因是一七八九年法國爆發大革命（French Revolution, 1789-1799），推翻路易十六，砍下了他的尊頭，因此美國覺得債主已消失，就賴皮不肯償還向法國借來的巨額債款。法國當然無法接受美國的做法，在十一個月內俘虜了三百一十六艘美國商船。於是美國不宣而戰，和法國打起來。爲了和法國海戰，美國急需大量步槍，影響了一位工業改革的重要人物，亦即惠特尼。惠特尼於一七八九年就讀耶魯大學，以優異成績畢業。他在大學畢業後一年（一七九三）發明了軋花機（Cotton Gin），能將短纖維棉花的生產流程效率提升五十倍，使得美國南方的棉花成爲有利可圖的作物，創造了棉花王國，持續了黑人奴隸制度的帝國（His gin made cotton king and sustained an empire for slavery），也成了南北戰爭的一個導火線，這是惠特尼最不想見到的後果，因爲他不希望他的發明被用於戰爭，然而他卻被逼著往戰爭的方向走。他在發明了軋花機後，由於資金不足，只好在一七九八年美法準戰爭時爭取美國政府的軍火訂單來彌補開銷。不過惠特尼對軍火生產並不熱心，將軋花機生意放在首位，常常拖延軍火的交付，而且槍枝品質也不理想。美國軍方對惠特尼抱怨連連，他只好想辦法討好軍方，展示統一的槍枝零件，讓相同零件能夠用於組裝任意一把同型號的步槍，大獲軍方好評。這是劃時代的作法，在此之前，步槍都是一枝一枝製造，零件不能互換。若非美國和法國在一七九八至一八〇〇年的衝突，惠特尼很可能不會提出「可互換零件的概念」，爲人類工業的發展做出重要貢獻。惠特尼死後被埋葬在紐哈芬市，立了紀念碑（圖二）。

圖二：惠特尼紀念碑（Eli Whitney monument）

李小龍的守破離

圖一：李小龍（1940-1973）

李小龍（圖一）是我華盛頓大學（University of Washington, Seattle）的學長。我們的共同特點是，近視度數很深，又喜歡塗鴉漫畫。一九八六年我留學華盛頓大學，常在學校的東亞圖書館瀏覽。無意間看到一篇文獻，提到李小龍在一九六〇年初在華大一堂哲學課程寫了一篇報告，敘述其武術學習的歷程及展望。他的報告敘述了日本劍道的學習三部曲「守、破、離」。

「守」是嚴格遵守教條，苦練基本功。李小

龍提到他苦練詠春拳，期許達到「守」的最高境界。他曾說不怕懂一萬種招式的對手，而是怕把一種招式練一萬遍的人。意志力堅強，每日不斷苦練一種武學，練到極致，就無破綻，是非常可怕的對手。

「破」是開始觀摩其他門派的做法，與所學比較，截長補短。他的大學報告提到西洋拳擊及西洋劍。他觀察拳擊的步伐，頗不同於詠春拳的進退步與碎步。李小龍曾是香港恰恰舞的冠軍，很能體會西洋拳王阿里（Muhammad Ali, 1942-2016）的蝴蝶步，將之融合於詠春拳，因此我們在電影中看到李小龍格鬥時蹦蹦跳跳的步伐已和詠春拳大不相同。李小龍也參考西洋劍的刺擊方式，融入詠春拳的「寸勁」（One-Inch Punch）。

「離」是創新，達到自創一格，開宗立派的境界。這個境界在李小龍的大學報告未提及，因爲當時他尚未達此境界。「創新」之難，在於你必須學到前人的經驗，卻又不能模仿前人。李小龍成名後說：「你不能複製成功的例子。」他向許多武術大師學習，這些大師的身教讓李小龍受益甚多，例如他學詠春拳，成爲詠春拳高手，向俄國高手學習紅軍在一九二〇年代推廣的俄羅斯摔角格鬥術Sambo，也成爲其高手。然而他卻不像一般武師，只能教詠春拳或Sambo，而是在「離」的階段，創立了自己的「截拳道」。

「守、破、離」執行的過程有一個重要原則，即是化繁爲簡，能將所學進行歸納。李小龍在他的武學歷程大致都辦到了。唯一的例外是他在電影常見的招牌武器「雙截棍」。他雙手舞動兩隻雙節棍，其表演性遠高於單手雙節棍，但實戰威力卻遠低於單手雙節棍。以「守」學雙節棍法，只要單手苦練幾個動作，達到人棍合一，方爲正途。

守破離的原則完全適用於大學的研究教學。一九九〇年代我帶領的研究生，大都「守」得很好，肯下工夫，勤練基本功。而守過頭，腦筋被咱指導教授教到僵化，就較難達到「破」的境界。二〇一〇年代的研究生則較活潑，一直想「破」，卻又不太願意「守」，不知天高地厚，就得靠指導教授的耐心訓練了。

美國驢蛋

一八一二年英美戰爭，美國產生了兩位偉大的政治家。他們是傑克森以及克萊。第一位人物克萊（圖一）是美國偉大的立法者和演說家，他調和鼎鼐，在南北戰爭爆發幾十年前就協調南北方關於奴隸制的矛盾，維護了聯邦的穩定（One of America's greatest legislators and orators, he forged compromises that held off civil war for decades）。對外他屬於鷹派，一八一二年戰爭前英國封鎖美國海權，他說：「如果希望避免國際衝突，那最好放棄海洋。」美國總統麥迪遜聽了不得了，如何能放棄海權，就向英國宣戰。克萊競選總統五次都沒成功。有人爲他開藥方，勸他堅持理想時也要打打折扣，不要太強硬。克萊回答了一句：「比起當總統，我寧可選擇真理（I would rather be right than President）。」這句話成爲常被引用的政治名言。

第二位人物傑克森（圖二）在美國獨立戰爭時家破人亡，親人死於英軍手中，而他則被俘虜

圖二：傑克森
（Andrew Jackson, 1767-1845）

圖一：克萊
（Henry Clay, 1777-1852）

虐待，因此與英國人勢不兩立。到了一八一二年英美再度衝突，他當然不會放過和英軍對壘的機會。傑克森以御下嚴謹、驍勇善戰聞名於世，被讚譽爲「強韌如老山胡桃」（Tough as Old Hickory），在一八一二年戰爭中的蹄鐵灣之役（Battle of Horseshoe Bend）打敗和英國聯盟的紅棍克里克人（Red Sticks）。一八一五年一月八日的紐奧爾良之役（Battle of New Orleans），傑克森率領六千名民兵對抗一萬二千名英軍。結果英軍死傷兩千人，傑克森的部隊僅十三人陣亡，五十八人負傷或失蹤，他的卓越指揮名揚全美。

傑克森長相奇特，有一雙白眉毛，我畫過的人像中，發明指紋鑑定法的高騰（Francis Galton, 1822-1911）有同一特徵。三國蜀漢時期的馬良（187-222），也有一對白眉毛。馬良家中兄弟五人，皆有才能，並享有名氣。《三國演義》中孔明揮淚斬馬謖，斬的是馬良的弟弟。所謂「馬氏五常，白眉最良」，指馬良最優異。高騰有馬良的特性，做事既「良實」又「機靈」，不但擁有多方面優秀的天賦，更能將自己的心情調整得很好，幾乎不曾生氣或不耐煩，因此有人說他「平靜得很不尋常」。而傑克森則完全相反，有軍人霸氣。第三任總統傑佛遜（Thomas Jefferson, 1743-1826）認爲傑克森是一個誠實的人，崇拜軍功者的偶像，但習慣性漠視法條與憲政條文，不適任公職。傑佛遜退休時，傑克森頗有選總統的意圖。傑佛遜評論：「我對傑克森將軍任總統職之前景感到驚恐……他的火氣甚旺，自我認識他起，他就一直試著控制自己的脾氣，但他實在是個危險的人物。」傑克森創立民主黨（Democratic Party），在一八二八年大選中獲勝，當上美國第七任總統。在選舉期間，其競選對手稱他爲「驢蛋」（Jackass）。傑克森喜歡這個稱呼，日後民主黨更以驢子作爲政黨象徵。傑克森是美國第一位偉大的平民論者，他爲美國奠定了共和，並且留下了民主（The first great populist: he found America a republic and left it a democracy）。

英美大戰的女英雄

一八一二年發生英美大戰，產生兩位女英雄，是加拿大的西科德（Laura Secord, 1775-1868）及美國第一夫人多莉（Dolley Payne Todd Madison, 1768-1849）。

二〇〇七年我訪問加拿大渥太華的北方電信（Nortel）總部，經過加拿大的英雄紀念館（Valiants Memorial），看到一座西科德的銅像（圖一）。我聽到這個名字覺得很耳熟，不是一個巧克力品牌嗎？加拿大友人說，是的，巧克力是紀念一八一二年英美戰爭的女英雄西科德。

英美兩國打架，如何產生加拿大的女英雄西科德？故事背景說來話長。美國在獨立戰爭後和英國仍然發生不少糾紛，爭議不斷，美國抱怨英國沒有遵守一七八二年簽訂的《巴黎條約》，尤其是後來英法之間爆發了「拿破崙戰爭」（Napoleonic Wars），英國實施貿易禁運，美國的中立國地位未被尊重，導致上百艘美國商船被英國皇家海軍扣押。最後美國忍無可忍，向英國宣戰，

圖一：西科德的銅像

圖二：麥迪遜
（James Madison, 1751-1836）

圖三：多莉（Dolley Payne Todd Madison, 1768-1849）

爆發了「一八一二年戰爭」（War of 1812, 1812-1815），又稱爲「第二次獨立戰爭」。在這次戰爭英國鞭長莫及，有一半軍隊的兵源來自於仍屬於英國殖民地的加拿大民兵以及和英國聯盟的印第安人。

英國在歐洲擊敗拿破崙後，調度歐陸的兵力，增援北美戰場，藉由優勢火力，占領美國的緬因州（Maine），並且在一八一四年曾經一度攻占美國首都華盛頓特區（華府），火燒白宮。白宮與北京故宮、凡爾賽宮、白金漢宮及克里姆林宮並列爲世界五大宮，英國焚燒白宮的舉動，逼得美國第四任總統麥迪遜（圖二）倉皇逃走，大概只有八國聯軍焚燒紫禁城（北京故宮）時慈禧太后的狼狽逃亡可以比擬。第一夫人多莉

（圖三）在英軍攻入華府時拒絕立刻逃出白宮，而是盡全力搶救收藏在白宮的國家寶藏（National Treasures）。若非她的英勇行爲，很多美國的重要文物會被燒毀。麥迪遜頭上有很明顯的美人尖，打仗雖不很內行，但學識淵博，是美國憲法之父（Father of the Constitution），主筆寫了《人權法案》，很受美國人敬重。

一八一五年英美兩國停戰，邊界恢復原狀，沒啥改變，雙方算是不輸不贏，不殺不賠。套一句麻將術語，英國沒殺三方，美國也不鏟英國的莊，在耗損許多資源打仗後，總算將多年的爭議平息。講完火燒白宮這個背景後，回到加拿大女英雄西科德的故事。故事發生於戰爭時期一八一三年的六月。當時她在加拿大的家被美國軍官占據，無意間偷聽到美軍規劃要奇襲海獺壩（Beavers Dam）。她千辛萬苦地躲過美國士兵巡邏，穿越三十公里的危險荒野，向英軍示警。獲報的英國軍隊準備好對付這次襲擊，果然一舉打敗了美國人，於是西科德成爲加拿大最出名的女英雄。我尋找她的肖像檔案，發覺各種資料來源的長相差異還挺大。根據西科德孫女兒的說法，她的身高約一百六十三公分，褐色眼睛，皮膚相當好，和她接觸過的英國軍官說：「她有纖弱的身軀和精緻的外觀……她很擅長針線活，縫紉和烹飪（She was of slight frame and delicate appearance...She was skilled at needlework, dressmaking and cooking）。」由此可見，她不是幹粗活的農婦，而是個聰慧的女子。根據前面的描述，加以參考了尼加拉瓜瀑布公立圖書館（Niagara Falls Public Library）的檔案後，我素描西科德，如圖四所示。

圖四：我模仿畫西科德

神力女超人與桑格

二〇一七年上映一部電影《神力女超人》（*Wonder Woman*），係改編自DC漫畫旗下的同名角色。美國漫畫界最廣爲人知的女神應該是「Wonder Woman」吧。這位漫畫英雌人物被中譯爲「神力女超人」，其實我比較喜歡的譯名是「神奇女郎」。她頭上戴著鑲有紅色星星的金色頭飾，靈感來自於月神黛安娜。她穿美國國旗裝，包括有兩道「W」白條紋的紅色緊身上衣。她早期穿著藍底白星的裙褲，後來改成緊身褲。她最初以露背的姿態呈現於世人，於一九五〇年代遭到漫畫準則管理局（Comics Code Authority）糾正才將背部遮掩。

如同第一次世界大戰時以自由女神像作爲戰爭債劵的海報，神力女超人的產生正值美國捲入第二次世界大戰，創作她的馬斯頓（William Moulton Marston, 1893-1947）說：「（除了神力女超人）誰能將美國從一九四〇年代的法西斯主義拯救出來（Who could save America from fascism in the 1940s）?」當時日本剛偷襲珍珠港，因此神力女超人承諾報復不公不義，並保護美國。她有一件很奇怪的武器，是一條很長的套索（Lasso），任何人被套上，都會說實話。這件武器是在爲馬斯頓的發明做廣告。他在一九二一年首創心臟收縮壓測謊，量度血壓和皮膚導電率，研發審問德國戰犯的儀器，宣稱有了他的發明，「成功的說謊將成爲失傳的藝術」（successful lying will soon be a lost art）。馬斯頓最後放棄計畫，但他的發明成爲現代測謊儀機制的一部分。

雖然神力女超人的誕生是爲了拯救世界，消弭仇恨與戰爭，其實馬斯頓的創作還另有目的，是爲了啟發美國女孩，追求和男人的平等。這個想法，係受到女權運動者桑格（圖一）的影響。桑格是激進的生育控制（Birth Control）主張者，提倡優生學，曾到中國宣傳生育控制。她也宣揚性自由（Sexual Freedom），因此神力女超人被形塑爲桑格的理想化女權主義者（Utopian Feminism）。

圖一：桑格
（Margaret Sanger, 1879-1966）

不管身在美國或台灣，我們今日享受的自由，並非與生俱來，而是先人拋頭顱、灑熱血爭取來的。美國第二任總統亞當斯（John Adams,

1735-1826）說：「我必須學習政治和戰爭，我的兒子們才能自由地學習數學和哲學（I must study politics and war that my sons may have liberty to study mathematics and philosophy）。」而桑格爲女權的奮鬥則更爲坎坷，生前被通緝，死後她的雕像擺在美國華府的史密森尼藝術博物館（Smithsonian American Art Museum），也有人抗議，要求移除。

柏林

小時候曾夢想當戰鬥機飛行員，而我最佩服的飛行員是一位加拿大人。一九四一年二月，隆美爾被任命為非洲軍軍長，在北非嚴酷的沙漠戰場上進行激烈的戰鬥。當時為了解決德軍在北非的補給問題，曾經考慮經由地中海進行海運。然而要達到此目的，德義聯軍必須拿下地中海中的馬爾他島（Malta）。這個小島位於西西里、突尼斯、的黎波里與班加西之間，是英國在地中海的戰略要地。該島作為英國海空軍基地，攻擊軸心國的運輸船，對隆美爾而言，如芒刺在背。因此德義空軍以四倍於馬爾他島空軍的兵力進攻這個小島。不過在馬爾他島的英國空軍有一位王牌戰鬥機飛行員柏林（圖一），將德義空軍打得落荒而逃。柏林被稱為馬爾他騎士（Knight of Malta）或馬爾他之鷹（The Falcon of Malta），曾經單獨在十四天內打下二十七架德義飛機。柏林是加拿大人，從小立志成為戰鬥機飛行員。他同時具備高超的飛行技術以及精準的射擊能力，這是一般

圖一：柏林（George Frederick "Buzz" Beurling, 1921-1948）

人所沒有的天分。二戰時期的戰鬥機飛行員必須一邊駕駛飛機，一邊開槍，並非易事。他的眼力奇佳，精通前置射擊（Deflection Shooting），能以目視，快速估計敵我飛行速度，決定何時扣扳機。當時的機槍子彈每四顆中有一顆曳光彈，可發光讓飛行員用來校正彈道，而柏林則不須靠曳光彈校正。他駕駛英國噴火式戰鬥機（Spitfire Fighter），機上有攝影機，當飛行員擊落敵機時，攝影機會拍下整個過程。然而攝影機的速度跟不上柏林天才式的前置射擊法，往往拍攝不到射中敵機的片刻，因此長官認爲柏林是謊報戰功的菜鳥飛行員。柏林抑鬱不得志，主動請調到最危險的馬爾他島戰場。他到了馬爾他島後，不受英國僵化軍紀的限制，如魚得水，第一次飛行就打下三架敵機。噴火式戰鬥機機槍的有效射程爲四百五十碼，他卻曾在八百碼外擊落敵機。目視八百碼外的飛機，大概只有針頭大小，而柏林卻能擊中，被譽爲二戰最厲害的空戰射擊。

一九四二年時馬爾他島成爲英德必爭之地，因此柏林成爲英雄人物。不過以他的戰績，仍稱不上前幾名的王牌戰鬥機飛行員（Flying Ace）。事後分析，馬爾他島對於隆美爾最後兵敗北非關係不大。馬爾他並不是軍隊補給能否順利運達北非的關鍵據點。提供阿拉曼補給，跨過地中海並不難，問題是補給品登陸後搬不到前線。北非的港口一次只能讓五艘船卸貨，遠水救不了近火，隆美爾的需求已經遠遠超過其後勤基地所能支援的範圍了。

一九四八年五月十四日，以色列在特拉維夫宣布獨立建國，爆發第一次中東戰爭。當時以色列空軍找飛行戰技高超的柏林來助陣。不過他沒機會在第一次中東戰爭表現，而是在試飛時墜機而亡。以色列感念柏林的拔刀相助，曾爲文紀念。

亞歷山大二世

二〇一五年我到莫斯科克里姆林宮，宮內中心的大教堂廣場（Cathedral Square）每天舉行騎兵換崗哨儀式，是俄羅斯沙皇、主教和莫斯科大公舉行加冕和葬禮的地點，俄羅斯總統的就職儀式也在此舉行。一八五五年沙皇亞歷山大二世（圖一）在此登基。他的外交手腕極佳，於一八六〇年十一月和大清帝國簽訂了不平等的《中俄北京條約》。此條約規定烏蘇里江以東至海之地歸俄國所屬，並開放張家口、庫倫、喀什葛爾爲商埠。此條約和一八五八年的《瑷琿條約》劃定了俄國和中國的現代疆界。亞歷山大二世成功地侵略中國，大占中國的便宜。他的支持者常將他與當時的美國總統林肯（圖二）等量齊觀。一八六一年沙皇發表了廢除俄國農奴制（Emancipation Manifesto），這個解放宣言被比擬爲一八六二年林肯的解放黑奴宣言（Emancipation Proclamation）。美國南北戰爭（1861-1865）爆發時，歐洲各國磨刀霍霍，想趁機出兵瓜分美國。林肯派

圖一：亞歷山大二世
（Alexander II, 1818-1881）

圖二：林肯
（Abraham Lincoln, 1809-1865）

出特使向沙皇亞歷山大二世求救。沙皇回應，他全力支持林肯，反對他國干涉美國內政。俄國的艦隊開到美國助陣，阻擋英國和法國，爲林肯爭取時間，扭轉局面。內戰結束後，美國投桃報李，以七百二十萬美元買下俄國的阿拉斯加。這件事在美國歷史上稱爲「西華德的蠢事」（Seward's Folly）。西華德（William Henry Seward, 1801-1872）是當時的美國國務卿，經手這樁土地交易，美國人民反應強烈，批評他不應該花大筆銀兩去買一文不值的荒地。今日的阿拉斯加價值連城，美國人是得了便宜又賣乖，吃虧的其實是亞歷山大二世呢。亞歷山大二世的婚姻也相當曲折。一八三八年他到歐洲遊歷，遇到十四歲的亞歷山德羅芙娜，一見鍾情。雖然亞歷山大二世的母后反對，他還是在一八四一年娶了亞歷山德羅

圖三：亞歷山德羅芙娜
（Maria Alexandrovna, 1824-1880）

圖四：馬克吐溫
（Mark Twain, 1835-1910）

芙娜。她生性害羞，不得婆婆疼愛，而夫婿在外又有情人，處境堪憐。我曾畫過亞歷山德羅芙娜的肖像，如圖三。

一八六七年馬克吐溫（圖四）訪問俄羅斯，在雅爾達（Yalta）和沙皇亞歷山大二世會面。他本來對俄羅斯有好感，俄羅斯之旅後，卻反對沙皇，還寫文章，敦促俄羅斯母親教導他們的孩子：「當你長大，無論在哪兒看到一個羅曼諾夫皇族，就用刀砍他，對這些眼鏡蛇（指羅曼諾夫皇朝）忠誠是背叛這個國家的行為；你要當一個愛國主義者，而不是竊國幫凶；解放俄羅斯人自由吧（When you grow up, knife a Romanoff wherever you find him, loyalty to these cobras is treason to the nation; be a patriot, not a prig - set the people free）。」

末代沙皇

圖一：尼古拉二世畫像（Nicholas II,1868-1918）

二〇一四年十月我到莫斯科特列季亞科夫畫廊（Tretyakov Gallery）參觀，看到俄羅斯最後一位沙皇尼古拉二世的肖像（圖一），相貌堂堂，我相當喜愛，素描如圖二。我小時候數次聽父親講尼古拉二世及妖僧拉斯普丁（圖三）的故事。拉斯普丁這個名字意爲「淫逸放蕩」，他是搞垮沙皇天下的主因之一。拉斯普丁原本默默無聞，一九〇三年到耶路撒冷朝聖，在聖城鍍金後返國，開始聲名大噪。一九一四年拉斯普丁爲沙皇

圖三：拉斯普丁（Grigori Yefimovich Rasputin, 1869-1916）

圖二：我臨摹尼古拉二世畫像

所寵信，權勢薰天，拉斯普丁裝神弄鬼，曾向沙皇保證他得了白血症的兒子平安無事，說：「God has seen your tears and heard your prayers. Fear not, the child will not die.」結果沙皇兒子還是難逃一死。當年俄國有很多人痛恨拉斯普丁入骨，多次計劃謀殺。而這妖僧很像蟑螂，怎麼打都打不死。

一八九六年五月，尼古拉二世在大教堂廣場舉行加冕典禮。期間有二十天的隆重慶典活動，民眾爲了得到活動贈送的禮品，造成騷動，有一千四百人被踩死或擠死，受傷約五萬人，震驚俄羅斯朝野，尼古拉二世感到好生沒趣。此時大清國的祝賀全權特使李鴻章（1823-1901）到訪，笑著對俄國大臣說：「你們官員太沒經驗了，這樣的事怎麼能如實稟報呢？皇上一旦動怒怎麼

圖四：安娜史塔西亞（Anastasia Nikolaevna, 1901-1918）

辦？……幹麼一定要他知道那麼多細節。他治下的老百姓死了好幾萬人，這樣的壞消息讓他知道了，對他的心情和對我們這一干大臣都沒有什麼好處啊！」俄羅斯群臣恍然大悟，大讚李鴻章會當官，是一位「卓越的政治家」。沙皇群臣依照李鴻章的報喜不報憂訣竅當官，再加上拉斯普丁的興風作浪，沙皇的王朝很快就垮台了。

一九一七年爆發十月革命，尼古拉二世全家被捕，監禁在耶卡特琳堡（Yekaterinburg），在一九一八年集體被祕密槍決。年幼的我聽爸爸講古時，難以想像尊貴的皇家竟被如此對待。當時盛傳尼古拉二世的十七歲女兒安娜史塔西亞（圖四）逃過當年的滅門屠殺，事後有數十人自稱是這名沙皇末代公主。於是我一直幻想，漂亮的公主逃過了一劫。二〇〇八年俄羅斯聯邦檢察官辦公室委託莫斯科大學進行ＤＮＡ鑑定，「證實確實有謀殺，孩子們都被殺了。」我年長後複習這段歷史，許多文獻暗示妖僧拉斯普丁和安娜史塔西亞及其姊妹有親密關係，頗令我感到失落呢。

斯托雷平的領帶

二〇一四年後我兩度造訪莫斯科，此時的俄羅斯已偏向資本主義，感受不到蘇聯的共產主義氛圍。俄羅斯政府甚至開始平反被共產黨貶抑的歷史人物。例如票選俄羅斯偉人的第二名是末代沙皇尼古拉二世的首相斯托雷平（圖一）。斯托雷平對俄羅斯的農民政策和經濟改革有很大的貢獻，爲了貫徹他的施政，不惜施以鐵腕，殺了不少反抗的人。因爲進行大規模絞刑，套在死刑犯的絞繩被戲稱爲斯托雷平的領帶（Stolypin's Necktie）。斯托雷平公開反對沙皇、皇后寵信的妖僧拉斯普丁，因此偏袒拉斯普丁的皇后很討厭這位宰相，掂斤播兩、說短論長地向尼古拉二世進讒言，令沙皇一度想辭退斯托雷平。一九一一年他陪沙皇到歌劇院，拉斯普丁跟在後面叫嚷，說斯托雷平會死掉。果然，斯托雷平在劇院內遭受槍擊，送到醫院後不治身亡。臨死前，尼古拉二世在他身旁懺悔，一直重複說：「請原諒我。」俄羅斯貴族反對斯托雷平，因爲他們的農地利益

圖一 a：斯托雷平（Pyotr Arkadyevich Stolypin, 1862-1911）

圖一 b：漫畫版本

被剝奪，而共產黨也討厭他，因爲斯托雷平的政策若成功，共產黨就失去存在的正當性。因此蘇聯一直詆毀這位歷史人物，連他的長相都批評：「他那粗壯的身軀、急促而堅決的動作、冷酷而洪亮的嗓音、深沉而凶惡的目光、蒼白的面孔襯托著兩片又紅又大的嘴唇的怪像；這一切都顯示出一種嚴厲、貪權、痲木和殘忍的性格。」這些句子大概是人身攻擊，其實斯托雷平的長相相當英俊，圖二是他十四歲時沒有鬍子的模樣，也算俊秀。

斯托雷平絕頂聰明，一八八一年就讀聖彼得堡大學（University of St. Petersburg），主修自然科學，他的論文題目是「俄羅斯南部菸草工業」，這個題目對口試的委員而言，是前瞻的研究，很多問題都沒有答案。大家拚命發問，而斯托雷平

圖二：斯托雷平十四歲的長相

圖三：門德列夫
（Dmitri Mendeleyev, 1834-1907）

則從容不迫、有條不紊地一一回答，答案合理正確，口試委員學到新東西，更是踴躍發問。此時主考官驚覺，問題已遠遠超過論文口試的難度，說：「我的天，我們在幹啥？夠了，夠了。」接下來說：「五分，五分（滿分），太傑出了。」這位主考官是發明化學週期表，大名鼎鼎的門德列夫（圖三）。

蘇聯瓦解後共產黨成爲在野黨，斯托雷平的負面歷史地位被翻案。二〇〇二年十二月二十七日莫斯科舉行斯托雷平紀念碑揭碑儀式，總統普丁親自出席並敬獻鮮花。

不敗將軍朱可夫

圖一：朱可夫（Georgy Zhukov, 1896-1974）

最近常被問，如何帶領部屬，引導讓他們變得優異。我想到的是朱可夫（圖一）的名言：「如果你們不會，我教你；如果你們不想學，我強迫你學。總之，你要成為一名優秀的坦克手。」我年輕時研究朱可夫指揮的戰役，他是我最喜愛的軍事領袖。

我訪問莫斯科紅場兩次，每次都會到朱可夫將軍的紀念墓碑參拜。在通往列寧墓的過道邊，擺設了朱可夫的墓碑，這個約三十厘米長的黑色大理石上簡單地刻著「朱可夫 1896-1974」。瞻仰過他的墓碑後，也想看看他的紀念銅像。根據地圖，尋找銅像，先由列寧墓進入紅場，北面是建於一八七三年的歷史博物館。越過歷史博物館再往西北走一小段路，就看到了騎馬的朱可夫將軍銅像。

我崇拜朱可夫的原因之一是他大開大闔的豪邁作風。他於一九三九年六月在蒙古和日本關東軍作戰，陣前播放柴可夫斯基的《1812 序曲》，圍殲日本軍，擋住日本北進。朱可夫在這場戰役的指揮思維超越當時的戰術。他針對部隊運用，發揮了前瞻性的創新，後來用來對抗德國人。根據這些實用經驗，蘇聯發展出被譽爲第二次世界大戰中最佳中型戰車 T-34。朱可夫在兵力相對弱勢時，以韌性的守勢消耗敵人戰力，等到自己的力量足夠強大，就爆發能量，以戰車一路平推而勝之。遙想當年朱可夫的坦克車隨著《1812 序曲》向前推進，實在豪邁。

二次大戰時他擋住德國軍隊，令敵人無法攻進列寧格勒和莫斯科，是一位不敗將軍。朱可夫最後率領白俄羅斯第一方面軍擊敗納粹德國，攻入柏林。納粹德國在柏林投降時，由朱可夫代表同盟國接收降書。

我坐在他的銅像前的地上，模仿畫他的肖像。朱可夫的身軀凜凜，相貌堂堂，可以如此形容：一雙眼光射寒星，兩劍眉渾如刷漆。胸脯橫闊，有萬夫難敵之威風。語話軒昂，吐千丈凌雲之志氣。心雄膽大，似撼天獅子下雲端。骨健筋強，如搖地貔貅臨座上。如同天上降魔主，眞是人間太歲神。史達林在二戰勝利後試著在紅場騎馬檢閱，結果在排練時從馬背上掉了下來。他說：「讓朱可夫來吧，他是個老騎兵。」素描朱可夫之後，正當晨曦太陽升起之際。我依依不捨地離開紅場，起身移步時，向陽瞇著眼再望銅像一眼，陽光更襯托出朱可夫的英姿。這類英雄人物，已難再現。

尼庫林馬戲團

圖一：尼庫林
（Yuri Vladimirovich Nikulin, 1921-1997）

馬戲、古典芭蕾和歌劇是俄羅斯的三大藝術瑰寶。二〇一五年我有幸在莫斯科看到著名的尼庫林馬戲團（Nikulin Circus on Tsvetnoy Bulvar）。這個曾經是莫斯科唯一的馬戲團創辦於一八八〇年，其精采的主題演出博得人們的喜愛。馬戲團以小丑尼庫林爲名。尼庫林（圖一）是世界聞名的小丑，於一九三九至一九四六年間入伍當兵。一九四四年某次政戰官到軍營視察，尼庫林表演笑話節目，娛樂嘉賓，深受讚賞。

圖二：我在尼庫林馬戲團留影

政戰官下令由他組成勞軍團，在軍中巡迴演出，相當受歡迎。因此尼庫林在戰後興沖沖地報考演藝學院（Drama College），但被潑冷水，沒錄取。直到一九五〇年，他總算在馬戲團混到小丑的全職工作。尼庫林的馬戲團生涯相當成功，信手捻來的精確演出，以及極可笑的小丑扮相，被公認是俄國有史以來最好的小丑。迥異於西方小丑，他的臉譜簡單，僅是一個白鼻子加上眼睛的上下黑線。他是冷面笑匠，表現出冷淡遲鈍的風格，獲得觀眾喝采，稱之爲有頭腦的小丑（Brainy Clown）。俄國兒童喜歡他，叫他尤里叔叔（Uncle Yury）。除了擔任小丑外，他也有寬廣的戲路，能表演文藝類型的作品，如低俗笑鬧喜劇、愛情劇，以及戰爭文藝劇。

尼庫林馬戲團表演場地不大，但演出者相當專業，服裝華麗而不庸俗。我印象最深刻的是馬術表

圖三：尼庫林的墓地

演，尼庫林的良馬一個個斷風逐電精神壯，踏霧登雲氣力長。一群妙齡女郎在急奔的馬背上表演高難度動作。我曾寫一篇文章敘述日俄戰爭，在二〇三高地的激戰過程，俄國守軍的表現可圈可點，相當奮勇，甚至有一批女性的西伯利亞哥薩克騎兵（Siberian Cossack Cavalry）參戰，和日本攻擊部隊廝殺。以前我無法想像哥薩克女騎兵的模樣，如今看到尼庫林女騎士，果然頗有騎兵剽悍之風。表演結束後我仍意猶未盡，留影紀念（圖二）。

尼庫林死後由兒子繼承馬戲團的工作。他的遺體葬在新莫斯科的聖女修道院墓園。修道院墓園的墓碑刻著俄文。我看不懂墓碑的俄文，在茫茫墓海中摸索，最後很幸運找到尼庫林的墓地（圖三）。他的墓前有一隻狗兒陪伴，而且隨時有人獻花，可見尼庫林相當受人喜愛，才有此溫馨的場景。

平庸的邪惡

平凡的人，貌似善良，因爲職場上希望晉升，迎合上意，事事妥協，甚至傷害他人，稱之爲「平庸的邪惡」。「平庸的邪惡」最有名的例子發生在二次世界大戰時德國軍官的行爲。我二度訪問柏林，都會來「恐怖剖析圖」文獻中心（Topographie des Terrors）參觀。文獻中心於一九三三至一九四五年期間是納粹祕密警察（Gestapo）及黨衛軍（SS）的總部，今日則用來展示納粹軍官在二戰期間的罪行。在此中心處處可看到屠殺猶太人的照片。文獻提及許多犯罪的德國軍官都接受高等教育，讓我駐足省思，溫文爾雅之士，怎麼會有如此殘暴野蠻的行爲？

「平庸的邪惡」的典故出自於《艾希曼耶路撒冷大審紀實》（*Eichmann in Jerusalem: A Report on the Banality of Evil*）這一本書。這本書敘述艾希曼（Otto Adolf Eichmann, 1906-1962）的死刑審判過程。艾希曼在二次世界大戰時將上百萬猶太人送上死亡集中營。戰後他逃到阿根廷。一九六

○年，以色列特工綁架他，送回耶路撒冷審判。艾希曼說他無罪：「我從來沒殺過猶太人……我從來沒有殺死過任何人，我從來沒有下令殺人。」他認爲自己只是一個守法的軍人，服從上司，履行希特勒「最終解決方案」的職務，他扮演的角色是偶然的，因爲任何人在他的位置上都會做相同的事；以此推論，如果他有罪，幾乎每一個德國人都會有罪。他的辯解當然不會被接受，仍然被制裁，只能說：「孽造於人，罪還自受。」

《艾希曼耶路撒冷大審紀實》的作者是漢娜鄂蘭（圖一）。一九六一年她來到耶路撒冷，採訪艾希曼的審判過程，在《紐約客》上發表文章，說出名言「平庸的邪惡（Banality of Evil）」。

圖一：漢娜鄂蘭
（Hannah Arendt, 1906-1975）

她說：「艾希曼格外勤奮努力，因為他想晉升，而我們無法認為這種勤奮是犯罪……他並不愚蠢，只是缺乏思考能力（Thoughtless）。這絕不等同於愚蠢，卻令他成為那個時代最大罪犯之一。」大規模犯下的罪行，其根源無法追溯到作惡者身上任何敗德、病理現象或意識型態信念的特殊性。作惡者唯一的人格特質可能是一種超乎尋常的淺薄，是一種奇怪的、又相當眞實的「思考無能」。她說：「這種脫離現實與缺乏思想能力，遠比潛伏在人心中所有罪惡的本能加總起來更可怕，這才是我們在耶路撒冷應該學到的教訓。」

今日「平庸的邪惡」式的社會事件仍處處可見。職場上爲了升遷，見利忘義，不得不妥協，反正大家都這樣做，非惡之人於是作惡。一個正直的人避免「平庸的邪惡」，面對「利、義」的十字路口，應該以勇氣回應（Respond with Courage），做出正確的抉擇。

國際義人

圖一：杉原千畝（Chiune Sugihara, 1900-1986）

面對不義強權，誰有勇氣反抗？我於二〇一四年十一月來到立陶宛首都維爾紐斯，該處有二〇〇一年立陶宛總統親自種植的杉原千畝之樹（Sugihara Tree）。杉原千畝（圖一）是第二次世界大戰期間日本駐立陶宛副領事。當時希特勒攻打波蘭，屠殺猶太人，大量的猶太難民紛紛湧入立陶宛，跑到日本大使館，希望能獲得「過境簽證」以離開歐洲。爲了救人，杉原千畝在沒有獲得日本政府的准許之下，擅自發給猶太人簽證。一九四〇年日本大使館關閉，杉原千畝搭火車離開前，仍拚命發簽證，最後，乾脆準備一疊空白簽證，他先簽字，在火車發動前由窗戶扔出去給車外尚未拿到簽證的猶太人。火車出發時，有個小朋友不斷地追趕火車希望能拿到簽證，但終究追不到。杉原望著小孩痛哭，說：「請原諒我！我不能再寫了！祝福你！」

二次世界大戰後，杉原被解雇，日本外交部的官方說法是因經費不足，志願被解職。但據說眞正的原因是，杉原在立陶宛違令而被裁員。解職後的杉原以沿街叫賣燈泡爲業，過著困苦生活。杉原在日本的生活低調，去世時他的鄰居們看到許多猶太人來哀悼，大感驚訝。今日在維爾紐斯有一條杉原街，立陶宛與日本都發行郵票紀念他。杉原千畝紀念碑寫著：「挽救一個生命，如同拯救了整個世界。」

二〇一四年十二月我來到以色列的赫茨爾山，參觀山上的猶太大屠殺紀念館，紀念館內有一座「國際義人」公園，紀念在大屠殺期間冒巨大風險援救猶太人的非猶太人，杉原千畝名列當中，足見以色列人是非分明，讎既難忘，恩須急報。我在此也看到中國人何鳳山（1901-1997）的「生命簽證」。一九三八年後，納粹有組織地屠殺奧地利猶太人。猶太人逃離奧地利必須獲得外國簽證，換取逃命的機會，稱爲生命簽證。當時美國等三十二國均拒絕接受猶太移民。而中華民國駐奧地利領事何鳳山基於人道，不顧上司的反對，在中華民國駐維也納領事館向數以千計的猶太人發放了生命簽證。納粹當局將總領事館沒收，何鳳山則自掏腰包搬到另一地點，繼續發放簽證。由於未經許可，擅發簽證，一九三九年四月何鳳山被中華民國外交部記過一次。當年何鳳山發放簽證的地點在維也納市立公園正門對街不遠處，我曾來此與其紀念牌合照。何鳳山死後，作家余秋雨爲他撰寫了墓誌銘：「隨其手也，千百家庭得以絕處逢生；隨其筆也，沉溺之身攀上救命方舟；隨其聲也，域外人士驚識中華文明；隨其形也，離亂生命重建人世信心。」

巴豪森與八木

圖一：德勒斯登工業大學的巴豪森的畫像

二〇一七年六月我到德國訪問德勒斯登工業大學（Dresden University of Techmology），看到巴豪森的雕像及畫像（圖一及圖二）。巴豪森在電機領域有重大貢獻，專門研究振盪器，發明了由眞空管製作的極高頻振盪器，完成微波管，微波的各項應用才得以實現。

巴豪森培養一位優秀的日本學生八木秀次（圖三）。他是「八木宇田天線」的共同發明者。提到無線電波的接收放大，老一輩的人都會想到

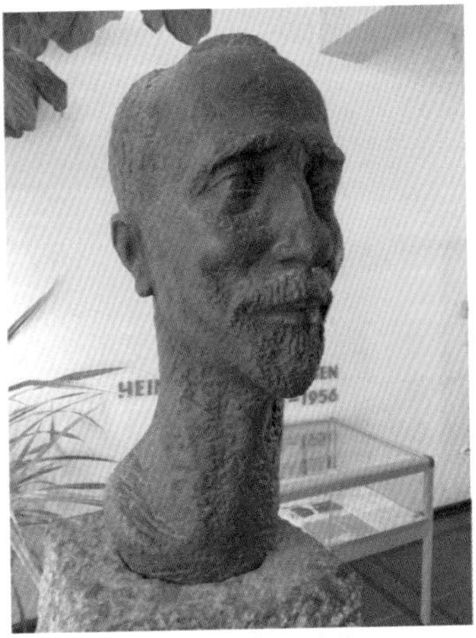

圖二：巴豪森的雕像
（Heinrich Barkhausen, 1881-1956）

圖三：八木秀次
（Hidetsugu Yagi, 1886-1976）

「八木宇田天線」。八木在日本大學畢業後留學德國，跟隨巴豪森學習，專攻發射機的共振變壓器，研究如何由尖端火花放電，作爲連續波（CW）振盪器。

八木秀次回到日本在東北帝國大學擔任教授。該校的講師宇田太郎（Shintaro Uda, 1896-1976）在八木的幫助下，將巴豪森發明的極高頻振盪器用作極高頻傳導研究的工具之一，設計並測試了一種「定向天線」，或稱爲「寄生天線」。一九二六年宇田將這篇論文投到日本的無線電雜誌，但沒啥反應。一九二八年八木秀次訪問美國時，將宇田的論文翻譯成了英文，並在無線電工程師學會（IEEE的前身）發表，受到歐美學者矚目。因爲該篇英文論文八木署名在前，所以大家都稱「八木宇田天線」（YAGI－UDA Antenna），甚至省略「宇田」，直接叫「八木天線」。

日本在一九三二年後將八木宇田天線投入商業應用，在飛島（Tobishima）與山形縣酒田市（Sakata）之間建立距離約四十公里的官方無線電電話系統。歐洲將八木宇田天線和雷達併用，發展無線電著陸導航技術。二次世界大戰時，八木宇田天線被廣泛地應用於戰爭無線電技術，包括夜間戰鬥機使用的雷達。然而在日本國內，八木宇田天線並未得到應有的重視，直到日軍占領新加坡時發現了英軍雷達技術人員記載關於八木宇田天線的手冊，日本才意識到其價值。這本手冊名爲「紐曼筆記」，描繪出八木宇田天線在軍事雷達上的應用。當時看過這本冊子的日軍，無不個個愕然，嘖嘖稱奇。

德國將八木宇田天線放在「毀滅者」轟炸機（Messerschmitt Bf 110）的機頭雷達，猶如飛蛾。該轟炸機成爲德國空軍的夜戰部隊王牌主力。二次大戰後美國審判日本戰犯，曾很有趣地寫下了註記：「在聽證會中，八木教授是第一個很驕傲地承認所作所為（八木宇田天線的研究）的日本人，其他的日本人都否認其作為。」（Professor Hidetsugu Yagi was the first Japanese to speak proudly of his work instead of denying it all.）

八木秀次取得八木宇田天線專利權，並把這項專利讓渡給「美國無線電公司」（RCA），這使戰後發展出來的電視科技，普遍使用八木宇田天線，作爲電視接收天線。而這種天線也可以用來做今日手機信號的放大器。

增進友誼的精神

二〇二〇年的最後一天，我參加新竹馬偕醫院翁順隆院長授職及就任典禮。很特別的，翁院長是扶輪社員，當天也有許多扶輪社員來觀禮。翁院長說他「願存謙卑的心來爲新竹馬偕醫院奉獻，願用眞誠和努力去爲全體員工付出。」這正是「扶輪精神」。

哈里斯（圖一）於一九〇五年創立扶輪社，以增進職業交流及提供社會服務爲宗旨。社名「Rotary」，有「輪流」的意思，因爲最初每週輪流在各社員的工作場所聚會。扶輪社員有「四大考驗」的修養教條，希望每一位扶輪社員所想、所說、所做的事，應事先捫心自問：是否誠實、不假、不說謊話？能否對於所接觸的一切人，無分別心、公平對待？能否對於所接觸的一切人，都出於善意，進而能增進友誼？能否兼顧彼此利益？

扶輪社的四大考驗不是檢驗別人，更不是批評別人，而是自我反省。四大考驗不是命令，也

圖一：哈里斯
（Paul Harris, 1868-1947）

不是對人的忠告，而是在引導你自己去找答案。換言之，四大考驗只提問，被考驗的人必須自己尋找出答案。水門事件導致尼克森辭去總統職位。事後尼克森白宮顧問狄恩說：「白宮裡我們這些參與尼克森幕僚作業的人若曾稍稍停下來，運用四大考驗來思考的話，水門事件便不會發生。」四大考驗是芝加哥扶輪社的社員泰勒（Herbert J. Taylor, 1893-1978）於一九三二年世界景氣大恐慌時，爲挽救已瀕臨破產的一家鋁製品販賣公司所想出來的辦法。他要求公司所有員工，包括主管，將之應用在自己的言行、公司的廣告、文書、企畫、顧客、同業等。結果建立了公司的信譽，獲得大眾及同業的信任及友誼，業務蒸蒸日上，反虧爲盈，由開始時負債，向銀行貸款周轉，五年後還清銀行的借款，十五年後配給股東高額的紅利。

泰勒在自己的公司實踐四大考驗獲得很大效果後，在一次非扶輪社聚會中談及此事。其中有兩位扶輪社員聽到泰勒經由四大考驗讓公司反虧爲盈，業務蒸蒸日上的故事，非常興奮，邀請泰勒在扶輪社的例會中分享經驗。泰勒向社友認眞地敘述：「四大考驗經我調查亦適用於社會、政治的問題及一般的生活，均有驚人的效果。」他的講述內容感染了扶輪社員，將四大考驗印刷在便箋上，掛在公司事務所，並帶回家給妻子小孩看。四大考驗很快就獲得其他地區的扶輪社認同，廣爲使用。它沒有排他、亦非特權，如文字所示，是給自己本身乃至對於每一個人的考驗，超越理想主義，非常實用。一九四三年國際扶輪理事會認可四大考驗。以後廣爲扶輪社員的企業所應用，均得到良好的效果。如果四大考驗能由扶輪社擴展到一般社會，大眾都能實踐這種精神，國家必能向上提升，氣氛祥和。

卷三

科技與人文的連結

人文科技的凄美結合

我畫的西方女性肖像，最美麗的一位是「朝天鼻」。她實在太美麗了，讓我禁不住地重畫她的肖像，想捕捉她最美麗的特徵。拉瑪（圖一）讓我著迷，不僅是她的美貌，也因爲她和我是同行，都做過無線通訊研究。有人形容拉瑪，「比她美麗的，沒有她聰明，比她聰明的，沒有她美麗」。她可謂結合人文與科技於一身。很可惜，她在人文（電影）與科技（通訊）的成就在生前都沒有眞正被彰顯，抑鬱寡歡，七十八歲時更因在商店偷竊被逮捕。

拉瑪於一九六六年出版爭議性自傳，成爲暴露個人情慾隱私之第一人。拉瑪是美國影星，二十歲時演出電影史上第一部「露兩點」的影片 *Ecstasy*，全世界對其美貌驚豔不已。她實在太美麗了，經常抱怨觀眾只注意她的外貌，卻忽略她的演技。許多經典電影如《亂世佳人》都曾考慮請她當女主角，卻又和她擦身而過，理由是編劇擔心觀眾只關注她的美貌，掩蓋編劇的光芒。

圖一：拉瑪（Hedy Lamarr, 1914-2000）

拉瑪在二戰時期思考保密對軍事通訊的重要性，而發明祕密通訊的方法。此想法源自於一九四〇年拉瑪在宴會上遇到鋼琴家安瑟（George Antheil, 1900-1959）。在鋼琴邊閒聊之際，拉瑪忽然想到一個祕密通訊的方法，可應用於軍事通訊系統，發展出抵擋敵人電波干擾並防竊聽的軍事通訊系統。當時的無線通訊使用固定頻率，除了容易被攔截干擾外，並時常有斷訊問題。拉瑪看著安瑟手邊的琴鍵，靈機一動：「就像彈奏鋼琴的不同琴鍵一樣，時常改變通信的頻率就可達到防止敵人電波干擾的目的。」安瑟按照拉瑪的想法，藉由他所熟悉的自動鋼琴，開發出一個能夠自動編譯密碼的模型，亦即今日我們熟悉的跳頻技術。拉瑪在一九四二年取得了美國專利，希望將這項技術無償提供美國海軍，來對付德國潛艇。拉瑪親自在軍方委員會報告這項專利，據說在場的軍官都很認眞看著她，目不轉睛地聽她說明，最後卻未採用她的專利。這項技術其實非常有價値，不但擴大通訊量，並且成功將通訊內容加密。一九八五年 Qualcomm 在美國加州成立，以展頻技術爲基礎，研發出 CDMA 系統，常提及拉瑪在跳頻技術的貢獻。跳頻技術可以說是拉瑪以彈奏鋼琴的人文思維結合科技的成果，讓她獲得電子前瞻基金會的榮譽技術獎章，也讓她在去世的十四年後和愛迪生及特斯拉並列於發明家名人堂。拉瑪晚年曾說她的面貌是她的不幸，無論她在人文或科技的表現，都被她的美貌光環掩蓋。

趣談文字

身爲計算機科學家，電腦語言是我的基本學識，早年有一陣子想到創造中文電腦語言的可能性，因此也稍微研究了中國文字的結構。中國文字隱含很多有趣的事實，例如動物名稱。大凡甲骨文（象形）有字的都是中華土產，像「虎」字就是描繪出老虎的型態。而駱駝和獅子這些外來種就沒有象形的字，牠們的概念都是在漢朝時傳入中國。例如獅子的概念是由印度佛經而來。中國人依音尋字，先找到「師」字，再將之改裝，加個邊，就成了「獅」。讀者諸君看楊柳青的年畫或大宅門前的銅雕，獅子都長得像有獠牙的哈巴狗，因爲大夥都沒見過獅子，就自由心證地想像成這副模樣。

對於中國文字的改造，秦始皇嬴政有最大貢獻，他啟動文字簡化工程，由大篆、小篆、隸書，再到楷書，有許多有趣的演進故事。例如和「虎」相關的字，在篆書時代約有一百多字，而到楷

圖一：秦始皇的兵馬俑

書時代，只剩下二十餘字。究其原因，和多年來山林開發成農地，使得老虎變少有關。不過在小篆時代多出了「唬」字，該字在甲骨文或大篆時代並不存在。有人開玩笑地推測，李斯作小篆時創此字，係因秦始皇善於唬人，連齊國都被他唬亡了。儒家將「焚書坑儒」的罪名安在秦始皇頭上並不公平。眞正將書燒光的人是項羽，而非嬴政。或許是當年秦始皇坑了幾個「胡言亂語」的儒生，讓儒家的徒子徒孫恨之入骨，到處宣傳他的壞話。我於二〇〇五年訪問西安，參觀秦始皇的兵馬俑，對於其壯麗，嘆爲觀止（圖一）。

在圖文的傳播上，互聯網（Internet）則扮演類似於嬴政的革命性角色。傳播電子書，亞馬遜（Amazon）公司有舉足輕重的影響力。

圖二：我的著作的電子書版本

該公司在一九九四年由貝佐斯（Jeffrey Preston Bezos, b.1964）成立，以低價、便利的策略，網路上販售書籍，馬上大獲成功。我的著作 *Charging for Mobile All-IP Telecommunications* 有電子書版本在亞馬遜販售，可以由網路直接下載，以 Amazon Kindle 的方式呈現（圖二）。這本書自從有電子書的版本後，雖然賣更多本，版稅卻縮水甚多，讓我荷包縮水，是唯一缺點。

虛擬偶像

今日人工智慧成爲顯學，發展出服務機器人。而早期類似的觀念是「虛擬偶像」，廣爲人知的應用軟體是初音未來（初音ミク），這是CRYPTON公司以語音合成引擎爲基礎，開發販售的虛擬女性歌手軟體角色，擅長唱一九八〇年代至最新的流行歌曲，發售後大受歡迎。「初音」是指「第一次的聲音（初めての音）」，有「出發點」的意思。「ミク」漢字寫作「未來」，指「初音所象徵的將來音樂之可能性」。CRYPTON爲初音未來找配音，煞費苦心。企畫初期想找眞正的歌手提供聲音，然而被洽詢的歌手都擔心聲音複製後的用途以及版權問題。最後只好採用聲優（配音員）。

初音未來是基於虛擬偶像的概念。早在初音出現之前有一部二〇〇二年的電影*Simone*，劇情敘述某位導演旗下的大牌女星罷演，該導演臨時起意，塑造虛擬明星席夢（Simone）取而代之，不料一炮而紅，觀眾盲目崇拜席夢。這位導演只好一路說謊掩飾。題材有趣，但劇情乏善可陳。電影中預言虛擬偶像造成觀眾的崇拜，倒是在初音未來身上驗證了。*Simone* 片中的導演說了一句話：「欺騙十萬個人比欺騙一個人容易！」大眾是如此容易地被操縱，容易相信偶像。他們寧願沉浸在自己建構出來的偶像夢幻中，也不願相信自己的感官能力覺察出眞實世界的訊息。這種現象似乎可以變成資通訊應用服務的莫大商機。

虛擬偶像常常出現於動漫、電影與遊戲中。而最有名氣的虛擬偶像莫過於前述的初音未來。初音未來是世界上第一個使用全像術投影技術舉辦演唱會的虛擬偶像。擬人化的成功，帶來附加價値，遠遠超過單獨一款軟體的獲利。最初的虛擬偶像發源於遊戲，玩家可以和偶像互動溝通，甚至自己扮演偶像，與偶像結合一體。形象被認同後，更可以替其他產品代言。比起眞人的產品代言，虛擬偶像的成本更低，與產品契合度更高，更利於廠商的控制，同時提供用戶（尤其是宅男）更自由的想像空間。

早期成功的遊戲虛擬偶像是 *Final Fantasy*（太空戰士），上市時曾一度引發討論，認爲虛擬人物有朝一日會擠掉眞人明星的飯碗。*Final Fantasy* 系列是由日本遊戲軟體公司史克威爾艾尼克斯開發的角色扮演遊戲系列作品。該公司在一九八七年時出現財務危機，主要幹部坂口博信準備做最後一搏。坂口博信描述當時的想法：「我一直對自己創作的遊戲感到不滿意，於是下定決心告訴自己：好吧，這將是我的最後一擊。Final Fantasy 這個名稱便由此而來，指出那將會是我最後的作品。」一九八七年發售在任天堂主機上開發的 Final Fantasy I，銷量爲五十二萬，成爲史克威爾創社以來最暢銷的遊戲。之後不斷有新版本推出，其女主角的形象裝扮也不斷改變。

史克威爾艾尼克斯以電視遊戲《太空戰士》作爲基礎，與好萊塢著手製作ＣＧ（Computer Graphics）動畫電影，片名爲《太空戰士：夢境實錄》（*Final Fantasy*：*The Spirits Within*），於二〇〇一年上映。這部電影動用二百人花四年時間，以九百六十個工作站的算圖農場（Render Farm）來產生十四萬一千九百六十四張圖片。這部電影創造全世界第一位相片般眞實的電腦動畫女演員（Photorealistic Computer-animated Actress），名爲亞紀（Aki Ross）。可惜該片耗資過大（一億三千七百萬美元），票房收益卻不如預期，導致導演坂口博信引咎離開該公司。

螞蟻先生眼中的組織演進

有一位生物學家以其自然科學專業爲基礎，產生許多人文的創意，他是人稱「螞蟻先生」的威爾森（Edward Osborne Wilson, b. 1929）。威爾森先天有高頻失聰的疾病，一眼又因意外而失明，但在科學研究卻有極高成就，曾兩度獲得普利茲獎，其中獲獎的著作《螞蟻》（*The Ants*）被譽爲當代螞蟻學的經典著作。他後來更積極鼓吹「生物多樣性」（Biodiversity）的觀念，爲保護生物多樣性而努力。威爾森是美國國家科學獎章的得獎人，更榮獲和諾貝爾獎同等級的克拉福德獎（Crafoord Prize）。

威爾森整合科技（學）與人文的方式相當自然。藉由觀察螞蟻、蜜蜂等昆蟲，威爾森將昆蟲群體活動引申至人類學和腦神經科學，進而解釋人類文化及社會行爲。他認爲天擇篩選的是群體而非個體，尤其是具有合作特質的群體，更擁有演化上的優勢。在組織演進的過程，群體中的成員仍須爲了生存，彼此競爭，產生自私利己的行爲。演進時利他與自私這兩種矛盾的本性，造就了人類複雜的社會行爲。

我個人多次參與公司、政府及學校的改組與整併，深深體會到其過程印證了威爾森觀察到群體演進時「利他、自利」的論點，有必要向組織成員進行心態轉移（Mindset Transfer）的宣導。例如二〇二〇年八月教育部依行政院函示核定，通過陽明大學及交通大學的整併，產生「陽明交大」（NYCU）這所新大學，而實質整併的巨大工程才將展開。在整併過程如何導引「利他」？交通大學校友會的精神是「創造被利用的價值」，而陽明大學則具有史懷哲式的「陽明十字軍」精神。這兩股精神若充分發揮，則能有效放大「利他」的效果。如何避免「自利」心態轉變成負面的自私（Selfish）？最好的方式是將自利的行爲移轉爲正向的「自助」（Self-help）。如何自助？我們可參考斯邁爾斯（Samuel Smiles, 1812-1904）寫的《自助論》，書中分析西方歷史上各行各業重要成就的人物事蹟及其思想，激勵人們自立自強，相信對於組織巨變時成員們的心態轉移有很大的幫助。

我個人的經驗，組織整併的主導者應謀定而後動，避免輕率整併。威爾森倡導的「生物多樣性」指出，各式各樣的生命以複雜、緊密而脆弱的關係相互依賴。組織的整併應該容許不同形式的系統，生生不息地共榮共存。整併的機制應該讓每一位成員有更多、更好的選擇。而在整併的過程更應該保存原有組織優良的傳統。最後，不要為合併而合併。以上的道理淺顯易懂，卻是知易行難。如何實踐，有賴主事者的智慧。

說話的城市

「說話的城市」（CityTalk）源自於我發明的物聯網平台IoTtalk，利用物聯網技術串聯出一系列的智慧城市的應用，靈感則來自於忽必烈（1215-1294）。最近「智慧城市」成爲顯學，但各種應用瑣碎分散，見樹不見林，難以成爲整體的大亮點。若想體會「突破見樹以見林」的感覺，我會建議閱讀卡爾維諾（圖一）的《看不見的城市》（*Invisible Cities*）。這本小說最有趣的地方是，讀者愈想弄懂書中的細節，愈會鑽牛角尖，愈不知卡爾維諾在說啥。書中拋出很多碎片般的意象，讀者若無法安插自己的想像力來接續卡爾維諾的碎片意象，就會「見樹不是樹」，不知所云。您若能體會到《看不見的城市》文字中有很強烈的畫面，學會「安插自己的想法」，就會引導出無盡延伸的想像力，不但看到樹，也見到了樹林。

《看不見的城市》書中的意象經由忽必烈和馬可波羅（Marco Polo, 1254-1324）的對話露出

圖一：卡爾維諾
（Italo Calvino, 1923-1985）

端倪。忽必烈留意到，城市差不多都是一個模樣的，只要改變一下組合的元素就可以從一個城轉移到另一個城，不必動身旅行。於是，每次在馬可波羅描繪一個城市之後，忽必烈就會在想像中出發，把那座城市一片一片拆開，又將碎片用另一種方式重新組合起來。本書後半部敘述城市頹圮的意象，暗示忽必烈的帝國正在瓦解，然而忽必烈仍拒絕接受事實。在眞實的世界，忽必烈不但能「見樹又見林」，更是「見樹即能造林」的人。他重用劉秉忠及郭守敬等人，花二十五年的工夫建立當時世界上最大的城市大都（亦即今日的北京），將行政中樞由上都移到大都。他有無比旺盛的精力，七十歲時領軍打仗，用兵仍如鬼神（當時的蒙古人活到五十歲，已是非常長壽）。他統一稅制，採用紙幣，讓商務暢通（身爲商人的馬可波羅夢想不到，世界上竟然有「紙幣」這麼美妙的玩意兒）。忽必烈創造出政治、經濟、軍事等大樹，並且巧妙地將之拼湊出跨越歐亞兩洲帝國的大樹林。我稍微做了統計，以北京當首都的政權，都撐得比較久。以金陵（南京）當首都的政權，則較爲坎坷，往往以屠城結束政權（當然和南京地形沒有屏障，易攻難守有關）。由此觀之，忽必烈實在有遠見，本領高強，讓吾輩甘拜下風。今日台灣發展「智慧城市」，最需要的是忽必烈的創意格局。

城市之肺

台灣發展智慧城市，較少考慮到公園。公園是城市之肺，人們來到公園，呼吸新鮮空氣，洗滌身心。我每來到一個城市，會注意公園的設計，以及其發展的歷史。

一九九〇年代，我常到紐約中央公園。在此，我聽到了美國民謠音樂之父福斯特（Stephen Collins Foster, 1826-1864）的故事。他很年輕就潦倒去世。一八六〇年時南北戰爭即將爆發，他隻身前往紐約，在尚未興建的紐約中央公園原址，憶起去世的太太珍妮，寫出舉世聞名的〈夢中的佳人〉（Beautiful Dreamer），愛屋及烏，也聯想到珍妮家中之黑僕，寫下〈老黑爵〉（Old Black Joe），被認爲是首次提升黑人奴隸尊嚴的歌曲。他在紐約時，經濟拮据，乏人照顧，連日持續高燒，無法起床，在沒人照顧的情況下去世，身上只有美金三角八分錢。我坐在紐約中央公園的長椅，耳中就響起〈夢中的佳人〉，百感交集。

圖一：奧姆斯特德
（Frederick Law Olmsted, 1822-1903）

當福斯特來到紐約時，這個城市正在興建中央公園（Central Park, 1858-1876），其主要的建築師是奧姆斯特德（圖一）。紐約人規劃了中央公園的興建，希望紐約市能有一個像倫敦的海德公園及巴黎的布隆森林，提升市民生活品質。即使經歷南北戰爭的紛亂，這個計畫還是持續進行，不稍停頓，令人佩服紐約市的遠見及魄力。奧姆斯特德被尊為美國庭園建築的奠基者，是推動中央公園背後的天才。他是早期自然保育運動的活動家，啟發了美國城市的綠化。中央公園提供紐約客遠離喧鬧、解除塞車及放鬆心情的休閒地區。在公園內可見殖民地時代的馬車，提供遊客搭乘參觀之用，我曾攜家人搭乘，想像一八七〇年代的紐約風情。

中央公園常有名人駐足。一九九四年四月八日我在中央公園遇到前美國總統尼克森（Richard Milhous Nixon, 1913-1994），聊起一九五三年他到台中東海大學，拿著台灣鋤頭，主持動土典禮，幽默風趣。他也在台中市中央書局和文化界人士座談，這是我小時候最喜歡駐足之處。我們回憶起中央書局的印象，相談甚歡。兩個禮拜後尼克森去世，令我震驚。

中央公園附近的建築皆得利於其綠化的好處，例如著名建築師萊特（Frank Lloyd Wright, 1867 - 1959）在一九四三年爲古根漢（Solomon Robert Guggenheim, 1861-1949）設計美術館。萊特覺得紐約並不是建築美術館的好城市，但在古根漢的堅持下一定要在紐約市選址，他只好絞盡腦汁，最後選擇了靠近中央公園的地點，融合其綠化效果。這座美術館不僅證明了萊特的建築天才，也呈現出古根漢選擇紐約市的獨特眼光。紐約中央公園曾歷經滄桑，面臨經費不足，管理不善。在有心人的努力下，浴火重生，令人喜愛，造訪人數居於美國之首。台灣高喊建設智慧城市，應該好好考慮「城市之肺」的機制，才能提升城市的品味。

科技與人文的連結

圖一：牛頓（Isaac Newton, 1643-1727）

交通大學向以理工見長，我十年前擔任交大副校長，受媒體邀訪問如何整合科技與人文，讓科技人有人文素養。訪問之前，我先反問訪者，如何定義人文及科技。訪者愣住，人文及科技的差異，不是一望而知嗎？我接下來問，牛頓（圖一）大部分的作品屬於人文或科學？訪者說，當然屬於科學。我再問，歌德（Johann Wolfgang von Goethe, 1749-1832）屬於人文或科學？訪者說，當然屬於人文。其實牛頓的宗教作品是科學著作的八倍，發展出統一世界各地年代的時間軸，對歷史的宗教研究方法有極大貢獻。而歌德則由於在人類的胚胎中發現頷間骨，聞名於世。這兩個例子說明人們主觀認定，將人的專長簡單劃分爲科技或人文是値得商榷的。

即使我們強分科技與人文，也應了解，兩者是一體的兩面。例如老子哲學說：「道者，物之所由」，而牛頓的運動第二運動定律 F=ma，當中 F 是「力」，m 是「物」，而加速度 a 是「所由」，牛頓說的是：「力者，物之所由」。牛頓的物理觀念和老子的哲學想法很相近，不是嗎？又如《莊子》提到「一尺之極，日取其半，萬世不竭」，這正是牛頓發明微積分中的極限觀念。

每個人原本都能接受科技與人文的涵養，而在專業的訓練過程，被便宜行事的分類後，思考方式僵化，就無法兩者兼得了。那麼在理工大學如何讓學生能恢復或培養人文涵養？一般做法是要求學生選修通識課程。不過我的經驗，在通識課堂上還需要盡量舉例說故事，較易讓學生接受，若以學術論說方式教學，難以達到效果。

如何進一步連結學生的科技與人文涵養？我以苦思多年的心得，創造一個智慧美學的校園物聯網平台 IoTtalk，讓學生發揮科技與人文的創意。如果科技是「眞」，人文是「善」，則眞與善都有呈現「美」的特質，自然可經由「美」來連結。例如利用我發展的 IoTtalk 物聯網技術在水池將噴泉和音樂結合，製造水舞的效果，增加花園的美感。工程背景的學生深入體會音樂的涵義，將之呈現於水流，很自然地增進其美學素養。交通大學和德國後劇場（Post Theater）於二〇一八年利用 IoTtalk，聯合製作了六燃國際互動劇場，於新竹市「原日本海軍第六燃料廠新竹支廠」舉行《無／非紀念碑》（*Nonuments*）互動劇，從深厚的人文省思出發，以智慧科技融合劇場表演來進行對人的關懷，對歷史的探究，與國際社會對話。美學平台如何進一步發展充滿無限想像，我非常期待。

智慧的擴增

人類腦部的運作，有時能將不同形式的感知加以連接。這種能力讓事物的體驗更能融會貫通，擴增了人的智慧。例如特定的詩、畫，以及音樂作品之間能類比，看到某一藝術創作馬上聯想到另一類型的藝術創作。蘇東坡和黃庭堅筆會，東坡笑黃庭堅的字：「如死蛇掛樹」，黃庭堅則謔東坡的字：「像石壓蛤蟆。」二人相視撫掌大笑，這是書法神韻和繪畫能互通的例子。金庸小說《笑傲江湖》提及武術和藝術的互通，江南四友的老三禿筆翁，與人打鬥時愛使判官筆，以武術書寫出獨創一格的書法。《倚天屠龍記》中的張三豐和張翠山更由書法領悟出一套武功。

西方很早就有詩畫間的類比概念。羅馬詩人何瑞士（圖一）在他的《詩藝》（*Ars Poetica*）中說：「Ut pictura poesis.」這拉丁文的意思是「畫既如是，詩亦相同。」而王維被譽為「詩中有畫，畫中有詩」，更是詩畫間可類比的佐證。我無法像文人雅士般的做詩畫間的類比，但曾由「圖像」

圖一：何瑞士（Horace 或 Quintus Horatius Flaccus, 65-8B.C.）

聯想到「數學的證明」。我早期博士研究需要以數學的證明來進行兩種模擬方法的比較，而苦思不得其解。某日到西雅圖亞洲藝術博物館散心，在館內看到一匹唐三彩戰馬，忽然有一股感動，當場臨摹畫了這匹馬（圖二）。畫畢，靈光一現，想出數學證明的方法，以兩天一夜的工夫，將證明的推導式子完成。我無法解釋爲何唐三彩馬能類比出數學證明，然而這匹馬的姿態觸發出數學證明的過程，是我親身的體驗。其實這種體驗並不奇特，早在十一世紀北宋時期，藝術家就能以描繪動蕩宇宙的風景畫作來回應社會的快速變遷。如郭熙、李棠和范寬等人，根據道家哲學，描繪出山河藝術，繪畫成爲心靈修養的途徑。

詩和音樂之間的配對《史記．孔子世家》早有記載：「（詩）三百五篇孔子皆弦歌之，以求合韶武雅頌之音。」之後，部分詩甚至隨音樂演化而成爲詞曲。同樣的，由音樂旋律感應出景物，古已有之。《列子集釋》記載：伯牙善鼓琴，鍾子期善聽。伯牙鼓琴，志在登高山。鍾子期曰：「善哉！峨峨兮若泰山！」志在流水。鍾子期曰：「善哉！洋洋兮若江河！」伯牙所念，鍾子期必得之。伯牙乃舍琴而嘆曰：「善哉，善哉，子之聽夫！志想象猶吾心也。吾於何逃聲哉？」這是跨域藝術轉換的最高境界。我鑽研物聯網技術，希望能將人文以及科技的意境自由轉換。藉由人工智能的輔助，相信我們有一天能達到這個目的，大幅擴增人類智慧。

圖二：唐三彩戰馬

科技產品中的人文樂趣

兩年前我由一家科技廠商AiQ買了一套最輕巧的智慧手套，將之連接到我的物聯網系統IoTtalk。我一直在思考如何爲這項科技找到應用。正好我擔任西田社布袋戲基金會的董事，大家都擔心布袋戲大師年事已大，都八、九十歲，逐漸凋零，絕技會失傳。我靈機一動，想到利用智慧手套來記錄布袋戲大師的表演手勢。我請羅禾淋教授設計一個精密的小機器人，讓智慧手套經由物聯網來控制這個機器人。我將機器人套上布袋戲人偶。如此，布袋戲大師可藉由智慧手套來控制機器布袋戲人偶，很輕鬆地遠距表演。同時IoTtalk可記錄布袋戲大師的所有動作，反覆播放，記錄布袋戲大師的絕藝。這個成果命名爲PuppetTalk，發表在電機領域的學術期刊。文章的第一段，我以英文寫了一首打油詩：Who knows the world of possibilities held in a palm? Actors and audiences both obsessed; Life is like the puppet show, The music stays as a joy even after the play ends. 英文詩是翻譯自中文詩「掌中乾坤有誰知，演戲瘋來看戲痴；人生好比布袋戲，曲終人散樂自知。」除了學術期刊發表，此一成果也獲得二〇二〇年世界資訊科技與服務聯盟（WISTA）的公眾服務獎。

五年前我的團隊開始在IoTtalk平台上設計智慧農業使用的田間感測器。之後我們成立農譯科技公司（AgriTalk），請廣達電腦將農譯科技的田間感測器量產，產品代號QoFA。當初我設計的原型採用市面量產的標準外殼，方方正正，雖然有點笨重，卻自以爲便宜實用。廣達執行長張嘉淵告知我，廣達將開模具，另製外殼。我聽到要增加成本，當場跳腳，覺得外殼將就能用就好，何必重新開模。嘉淵沒得商量地說，咱們廣達的產品品質第一，不能粗製濫造。我仔細檢視廣達的設計，是工業等級，已超越我們原型的商業規格，外殼特別設計，著重防水，能延長田間感測器幾年的壽命，因此我也認同此優點，有重新開模的必要。廣達量產的田間感測器深獲國際好評，交通大學與廣達電腦因此榮獲二〇一九年國際消費電子展（CES）的創新獎。嘉淵兄仍不滿意，孜孜不倦，持續改變田間感測器的外形，但他不再告訴我花多少錢了。二〇二一年四月，廣達最新版的QoFA田間感測器（圖一），榮獲享譽國際、極具指標性與前瞻思維的頂尖設計大獎中的iF設計獎（標章）。我才恍然大悟，原來嘉淵兄在修改感測器，一直注意到外觀的美感。我恭賀廣達得獎，更感謝董事長林百里及技術長張嘉淵對產品美感的堅持，相信田間的小鳥看了農譯的田間感測器，心情一定很好。下一版的QoFA要更有人文氣息，要有優美的莫札特音樂，讓路過田間的山豬療癒。

無論智慧手套或田間感測器，我們這群科技人，漸漸學會在冰冷的科技產品中尋求人文的樂趣。

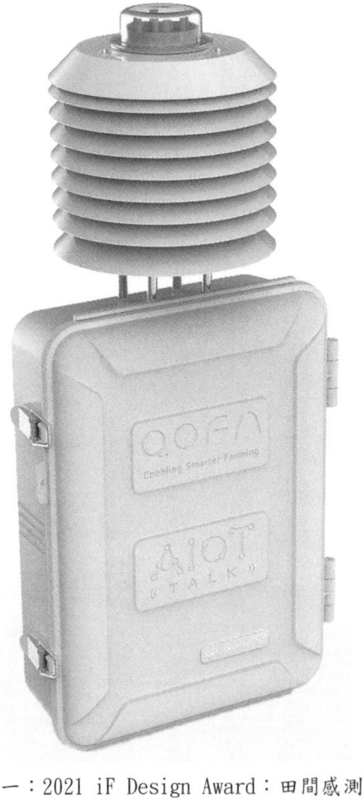

圖一：2021 iF Design Award：田間感測器

卷四

巴黎印象

拿破崙的宮廷畫師

圖一：布雪
（François Boucher, 1703-1770）

二〇一五年一月我受邀到花蓮的遠雄悅來大飯店參加一個研討會，進行主題演講（Keynote Speech）。這家飯店放了許多模仿的名畫，飯店經理說這是請美術系的學生模擬畫的，只可惜沒有記下來是模仿哪一些名畫。有些畫我認得出來，一一向飯店經理說明。當中有一幅模仿布雪（圖一）的畫作《四季》（*The Four Seasons*）。布雪是辛勤的畫家，死於羅浮宮中他的專用畫室。布雪提拔後進不餘其力，最重要的一

圖二：大衛
（Jacques-Louis David, 1748-1825）

位是他的遠親大衛（圖二），他在一七六五年給大衛機會，因此發跡，成爲拿破崙一世的首席宮廷畫師。

大衛年少時學畫不順，幾乎絕望自殺，直到一七七四年獲頒羅馬獎，並於一七八四年成爲法國皇家藝術院院士，一舉成名。法國大革命時他對法國博物館的建設和羅浮宮的保護有不小的貢獻，成爲法國博物館事業的奠基人之一。一七九七年大衛被延攬爲拿破崙一世的首席宮廷畫師，創作了許多大型作品，對拿破崙歌功頌德，不遺餘力。滑鐵盧兵敗後，拿破崙身旁的人，樹倒猢猻散，大衛避禍，逃亡到布魯塞爾，賣畫爲生，皆以古希臘和羅馬的題材爲主，不再沾惹政治議題，過著恬淡生活，有分教：「去來自在任優游，也無恐怖也無愁。極樂場中俱坦蕩，大千之處沒春秋。」

大衛最令我注目的作品是《拿破崙一世加冕典禮》（*Sacre de l'empereur Napoleon I*）。一八〇四年十一月六日，公民投票通過拿破崙．波拿巴爲「法蘭西人」的皇帝，號稱拿破崙一世。這是法國皇帝第一次以自己的「名字」作爲皇帝的稱號。他並未依例由教宗加冕，而是自己將皇冠

圖三：仿製的《拿破崙一世加冕典禮》

戴到頭上，然後爲妻子約瑟芬加冕爲皇后。這表示他的權力至高無上，不受教會控制。畫中的教宗噤若寒蟬，只能旁觀，不敢吭一聲。大衛將拿破崙與教宗微妙的關係表達得淋漓盡致。二〇一六年十一月，我飛到澳門至澳門大學演講，下榻巴黎人酒店（The Parisian），豪華壯觀，櫃檯後一幅超大壁畫，是仿製的《拿破崙一世加冕典禮》（圖三），比例與巴黎羅浮宮的原作相同。

一七九二年伏爾泰寫的悲劇《布魯特斯》（Brutus）在法國劇院上演，大衛的同名油畫在劇中展出，大出風頭。這齣戲是法國大革命的導火線之一。我很喜歡大衛於一七九八年創作的帆布油畫《年輕的白衣女》（*Madame Hamelin*）。二〇〇七年我拜訪華盛頓國家藝術畫廊，看到這幅畫，以爲這是拿破崙三世的母親的肖像，後來才知道大衛畫的是不知名的女性。這張畫中的女性姿勢氣質優雅，照相機拍攝不出，我模仿畫之，神韻差之遠甚（圖四）。

圖四：我的模仿畫《年輕的白衣女》

拿破崙的女人緣

我旅遊歐洲，常聽到拿破崙（圖一）掠奪的故事。他在十八世紀末及十九世紀初橫掃歐洲，到了莫斯科，宣稱要想將沙皇鐘帶回巴黎；到了威爾紐斯，說要將聖安妮教堂搬回巴黎。到了柏林，拆下了布蘭登堡門上的「勝利女神四馬戰車」雕像，帶回巴黎。拿破崙硬要橫刀奪人所愛的姿態，或許和他的愛情不順，苦苦單戀有關。

浪漫奔放的法國人很少單戀。法國人的愛情觀，傾向認爲單戀最不值得。許多法國人甚至認爲天下何處無芳草，將想不開的單戀視作「傻子」的代名詞。然而拿破崙卻酒不醉人人自醉，花不迷人人自迷，對約瑟芬（圖二）演出一場轟轟烈烈的單戀。

他寫了一卡車的情書給約瑟芬，而約瑟芬則是有一搭沒一搭，只回覆幾封信來敷衍。由拿破崙給約瑟芬的情書，可以看到他受盡煎熬。例如他寫著：「什麼叫地獄的酷刑，什麼是復仇女神

圖一：拿破崙
（Napoleon Bonaparte, 1769-1821）

圖二：約瑟芬（Joséphine de Beauharnais, 1763-1814）

的蛇蠍？妳的冷淡！我內心淒楚悲涼。我的心靈在受奴役，我的想像讓我不寒而慄。妳沒那麼愛我了，可能妳已經得到了別的安慰。有朝一日，妳不再愛我時，告訴我，我至少可以知道怎樣去承受這種不幸……」書信的字裡行間，全是內心的悲涼、無奈，眞正是：「心到亂時無是處，情當苦際祇思悲。漫言哭泣為兒女，豪傑傷心也淚垂！」

拿破崙初次遇到約瑟芬即驚爲天人，當時約瑟芬的丈夫去世，是帶著孩子的交際花，曾經當過別人的情婦。對於拿破崙的追求，約瑟芬大概不是很甘願。一七九六年法國和歐洲列強聯盟對壘，法國政府要拿破崙出兵。拿破崙要賴拿翹，談條件要約瑟芬嫁給他才肯出兵。法國高層只好勸約瑟芬下嫁。兩人結婚後，拿破崙終於出兵，將歐洲聯盟打得落花流水。約瑟芬在拿破崙外出打仗時，迫不及待地紅杏出牆，讓他戴綠帽。拿破崙知道後非常憤怒，一七九八年征伐埃及時，乾脆和一位下屬的妻子上了床，此後更是風流韻事不斷，偏激地說：「權力就是我的情婦（Power is my mistress）。」但他仍深愛約瑟芬，一八〇四年他當上皇帝，登基帝位時，同時爲約瑟芬加冕爲皇后。我在羅浮宮看到一幅油畫，依慣例，歐洲皇帝都由教皇加冕，但拿破崙認爲自己超越了教廷，將畫中的教宗庇護七世擺在一旁，只能旁觀，眼睜睜瞧著拿破崙自己動手，替跪下的妻子約瑟芬加冕爲皇后。

二〇一四年我在巴黎的法蘭西學院和拿破崙的大理石像合照（圖三），在羅浮宮拍攝了約瑟

圖三：法蘭西學院的拿破崙大理石像

圖四：路易絲（Maria Luise von Österreich, 1791-1847）

芬的雕像，想像這對夫婦的生死離合。除了約瑟芬，拿破崙和兩位名爲路易絲（Luise）的女人也很有緣分。一八一〇年拿破崙和約瑟芬離婚，娶了奧地利的公主路易絲（圖四）。或許是自卑於身材短小，不懂上流浮華，拿破崙寫情書給女人時，往往故意展現指揮軍隊的威風，以示大權在握，卻因此洩漏軍機。他在作戰時，寫情書給路易絲，描述了他的作戰計畫。不幸替他送信的驛車被敵人俘獲，這封信落在敵人手裡。結果他的行程和企圖完全被掌握。敵人集中大軍重重包圍拿破崙。他最後全軍覆沒，被囚禁於厄爾巴島（Elba Island），正是：「天地易兮日月翻，棄萬乘兮退守藩。為巨逼兮命不久，大勢去兮空淚潸。」拿破崙的「情書洩密」成爲軍校的經典教材，說明保密防諜的重要，我在陸軍通訊學校服兵役，受訓時聽了好幾次。

拿破崙在功業鼎盛時期意氣風發，盼顧自雄，才想鯨吞，又思鳩奪，歐洲各國只能臣服其腳下，極力奉承。例如普魯士爲了和拿破崙斡旋，甚至在一八〇七年出動了美貌的路易絲皇后（圖五）和他進行外交的交涉。路易絲皇后極力討好拿破崙，雖然沒有成功，她的努力仍然受到普魯

圖五：路易絲皇后（Luise Auguste Wilhelmine Amalie, 1776-1810）

士人民的尊敬，被稱為「國家美德之魂（Soul of National Virtue）」。她和拿破崙交手後的第三年去世，連拿破崙都惋惜普魯士失去了最好的外交家。普魯士國王設立了路易絲勳章（Order of Louise），成為女性版本的鐵十字勳章（Iron Cross）。一九二〇年代的德國納粹視路易絲皇后為理想德國女性的典範。她短暫的三十四年生命生產了九個孩子，包括統一德國的威廉一世（Wilhelm I, 1797-1888）。

雖然拿破崙和約瑟芬離婚之後周旋多位美女，然而臨死之前最後說的話是：「法國，軍隊，總司令，約瑟芬（France, armée, tête d'armée, Joséphine）」。可見他念念不忘的女人仍然是約瑟芬，春夢做完猶想續，秋雲散盡尚思移，只可惜，花難並蒂月難圓，野蔓閒藤苦苦纏，也算是痴漢之愛了。我不禁想到《好逑傳》中的一首詩：「莫認桃夭便好逑，須知和應始雎鳩。世間多少河洲鳥，不是鴛鴦不並頭。」

羅浮宮與變形記

二〇一四年十一月二十五日我到羅浮宮（Musée du Louvre）參觀，長了許多見識。我特別注意到，羅浮宮很多藝術品的題材來自於羅馬的詩人奧維德（Publius Ovidius Naso, 43-17B.C.）的作品《變形記》（*Metamorphoseon libri*），當中不乏關於同性戀，甚至雌雄同體的題材。我在羅浮宮黎塞留館看到了柏西奧（Baron François Joseph Bosio, 1769-1845）完成於一八一七年的作品《海辛瑟斯》（*Hyacinthus*），模仿畫之，如圖一。這個雕像的故事和同性戀有關，海辛瑟斯是美少年，和太陽神阿波羅相戀。西風風神（Zephyr）也愛海辛瑟斯，忌妒他和阿波羅的戀情。在阿波羅丟鐵盤時，吹風讓鐵盤砸到海辛瑟斯，造成他的死亡。阿波羅相當難過，掉下眼淚，將海辛瑟斯變成風信子（Hyacinthus Orientalis）。根據奧維德的說法，阿波羅的眼淚化成了風信子的花瓣。

柏西奧的來頭甚大。偉大的雕塑家羅丹（Auguste Rodin, 1840-1917）是他的徒孫。我在《海

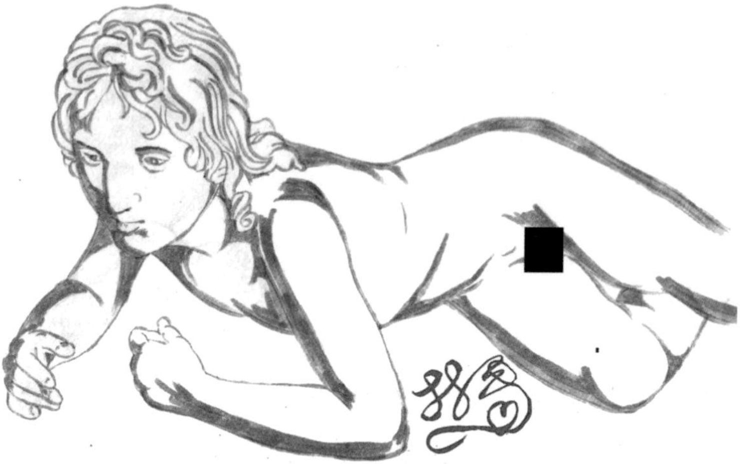

圖一：我素描《海辛瑟斯》

辛瑟斯》雕像旁看到另一個柏西奧一八二六年的作品《薩耳瑪西斯》（*La Nymphe Salmacis*），模仿畫之，如圖二。這是《變形記》中陰陽人的故事。有一次美少男黑姆佛洛狄特（Hermaphroditus）路過一個山林水澤，停下來觀看自己在水面上的倒影。湖中仙女薩耳瑪西斯（Nymphe Salmacis）愛上了他，瘋狂地追求黑姆佛洛狄特，逼得他跳入河中。薩耳瑪西斯追上他，強迫與之溫存。我翻遍希臘神話，薩耳瑪西斯好像是唯一一位強暴男人的女水仙。她食髓知味，愛得入骨，祈求諸神讓她和黑姆佛洛狄特永遠結合成一體。諸神批准，結果黑姆佛洛狄特變成了雌雄同體。今日雌雄同體的生物名詞是Hermaphroditism，係以這位倒楣鬼爲名。不甘不願的黑姆佛洛狄特哀怨的詛咒，任何人到了他被強暴的河流

圖二：我素描《薩耳瑪西斯》

圖三：貝尼尼
（Gian Lorenzo Bernini,1598-1680）

洗澡，會變成和他一樣的陰陽人。根據這個故事的說法，世界上的陰陽人，大概都在此洗過澡。有人說薩耳瑪西斯強暴黑姆佛洛狄特的事件可能是奧維德的杜撰。希臘神話都是男性主動追（強求）不情願的女性，奧維德編出這個故事正好相反，女性強求到處躲避的男性，算是一則平衡報導。

黑姆佛洛狄特通常以帶有男性生殖器的少女形象出現於藝術作品。陳列於羅浮宮敘利館一樓的大理石雕像《沉睡的陰陽人》（*Sleeping Hermaphroditus*），身材曼妙，十足的美人胚子。這座羅馬仿製的雕像之造型與手法，看出雕刻家能完美地詮釋出在西元前二世紀希臘化時期的雕刻風格，作者已不可考，一六〇八年在羅馬的勝利之後聖母堂（Santa Maria della Vittoria）的戴克里先浴場（Thermae Diocletiani）被發現，成爲樞機主教波傑斯（Scipione Borghèse, 1577-1633）的收藏品，因此被稱爲波傑斯的黑姆佛洛狄特（Borghese Hermaphroditus）。一六一九年樞機主教波傑斯以六十義大利盾幣（Scudo）爲報酬，請來巴洛克藝術大將貝尼尼（圖三），爲雕像製作一個以大理石材質仿製的床墊來當其基座。這個床墊像是眞的，讓你忍不住想戳戳看。波傑斯的黑姆佛洛狄特在一八〇七年連同貝尼尼的床墊賣給法國，輾轉收藏於羅浮宮。

貝尼尼在藝術史上是僅次於米開朗基羅的藝術家。他的作品在小說《天使與魔鬼》（*Angels and Demons*）中被譽爲科學的標誌物和聖殿，更出現於湯姆·漢克（Tom Hanks）主演的同名電影。貝尼尼曾經說，想要達到繪畫與雕塑成功，必須做到三件事：⑴年輕時要看到並使自己習慣於美麗事物；⑵努力工作；⑶有好的指導。他認爲有本事的建築師必須能將缺陷轉換成優勢（turning the defects of a site into advantages）。我們做科學研究，不也是如此？

巴黎印象

我數度訪問巴黎，愛上這個城市。法國自清朝時，對中國就相當好奇。一八九六年七月十三日到八月二日，李鴻章（1823-1901）訪問法國，參加七月十四日法國國慶（Bastille Day）。法國採用高規格，租賃豪華賓館招待李鴻章，法國媒體有大幅的報導。法國第一大期刊《小日報》（*Le Petit Journal*）在七月二十日刊登了李鴻章身著黃馬褂的大幅彩色畫像。這是《小日報》唯一一次以東方人肖像作爲封面人物。七月十六日法國總統在艾麗榭宮（Palais de l'Élysée）爲李鴻章舉行歡迎晚會。李鴻章很驚訝，法國總統竟然自貶身價，與其官民行賓主禮，而不是君臣跪拜禮。但人卒無敢戲渝也者，人民仍然尊重總統。數年後庚子之亂引發八國聯軍，認爲中國是野蠻之邦，此時法國對李鴻章的印象打折扣，以漫畫譏諷（圖一）。

是否人人都愛巴黎？就我所知，馬克·吐溫（圖二）對巴黎頗有意見。他在一封一八八〇年

圖一：法國譏諷李鴻章的漫畫

圖二：馬克·吐溫（Mark Twain；Samuel Langhorne Clemens, 1835-1910）

寫給友人的信中抱怨巴黎的天氣濕冷。他以英國著名演員昆恩（James Quin, 1693-1766）之幽默論調侃巴黎的氣候。有人問昆恩：「你這一輩子有遇到這麼冷的冬天嗎？（Did you ever see such a winter in all your life before？）」昆恩回答他有如此冷的經驗，發生在：「Last summer」。馬克·吐溫說，昆恩的夏天一定是在巴黎度過的。馬克·吐溫是舉世聞名的幽默作家，當他訪問法國時，當著巴黎人面前毒舌似的批評巴黎人，眞正是：「孤行不畏全憑膽，冷臉驕人要有才。」一八七九年他在巴黎演講時說：「巴黎人喜歡四種東西：文學、藝術、醫藥，以及通姦（Adultery）。」他說，法國字典對美德（Virtue）的定義是：「一個女人只有一個愛人，且沒有紅杏出牆（A woman who has one lover and don't

圖三：拉歇爾（Elisa Félix Rachel, 1820-1858）

steal）。」由正面角度看來，巴黎人的愛情是十分奔放的。例如大仲馬小說《三劍客》（*Les Trois Mousquetaires*）三部曲都和路易十三的皇后安妮的外遇有關，而無損安妮皇后在小說中的正面形象。又如拿破崙的姪子拿破崙三世（Charles Louis Napoléon Bonaparte, 1808-1873）自認風流倜儻，有為數不少的情婦，公開宣傳，引以為傲。他說：「主動出擊的通常是男人。我卻不然，是防禦那一方，而且經常投降（It is usually the man who attacks. As for me, I defend myself, and I often capitulate）。」他的情人當中有一位女演員拉歇爾（圖三），她的敬業精神影響到我的做事態度。拉歇爾的表演自然、不落俗套。她對演藝的堅持，驅使她毫無休假地登台演出，曾演出著名的劇作《費多爾》（*Phèdre*）達七十四次。拉歇爾三十八歲臨終前很瀟灑地說：「能夠在星期日死去，真好；因為星期一是令人憂鬱的日子。」拿破崙三世在感情上不專一，對權力的強烈慾望則始終如一。他不滿足於總統的位置，於一八五二年學拿破崙一世稱帝，消滅法國第二共和。早於他一年，東方的洪秀全（1814-1864）也在中國成立太平天國，大家都想當皇帝，過過癮。

共同利益及抗議文化

我訪問巴黎，喜歡到波克普咖啡館（Le Procope）喝咖啡。這家咖啡館有許多名人來過，留下逸事。尤其一六八九年法國劇院（Comédie-Française）在波克普咖啡館對街成立，產生群聚效應，有許多戲劇界人士在波克普咖啡館聚集。一七五二年盧梭（Jean-Jacques Rousseau, 1712-1778）在波克普咖啡館裡找到了扮演他的名劇《自戀》（*Narcisse*）的主角。盧梭不甚滿意此劇，在波克普咖啡飲酒時，公開說：「舞台上的這一切是多麼無聊啊。」盧梭和伏爾泰是同一時代的瑜亮，伏爾泰主張的「文明」建立於歷史的觀察，而盧梭則由內省中尋找他的看法。盧梭提出共同利益（Interet General）的概念，成爲政府中央集權的潤滑油。法國將文化及生活習慣不同的各地區人民，以中央集權的方式納入管理，有一致的權利及義務，以符合共同利益。共同利益的體現，就是大仲馬小說的名言：「我為人人，人人為我。」

有趣的是，我在波克普咖啡館也看到了反對共同利益的抗議文化。一七九二年弗里吉亞帽（Phrygian Cap）首度在波克普咖啡館展示，當時伏爾泰寫的悲劇《布魯特斯》在法國劇院上演，結束後觀眾受到鼓舞，挑戰法王政權，戴著弗里吉亞帽走入劇院對街的波克普咖啡館，很快成爲法國大革命期間自由的象徵。

咖啡館內擺放了我喜愛的盧布朗（圖一）的作品。其作品處處可見仿效莫泊桑短篇小說的痕跡。他以創作紳士怪盜羅蘋（Arsène Lupin, b. 1874）的故事，聞名於世。盧布朗出生於諾曼第，後移居巴黎，最初的文學創作受到文壇肯定，但銷售不佳。一九○五年，盧布朗受邀在《我什麼都知道》雜誌寫連載小說。他不甘不願地寫了第一篇《亞森．羅蘋被捕記》，卻一炮而紅。盧布朗筆下的羅蘋是個超人，啥都會，每個純情女子都傾慕他，但卻幾乎無人曾經一睹其廬山眞面目。原版小說插圖中的羅蘋不是臉部陰暗，就是易容，最常配戴的是高頂帽加上單眼鏡片。怪盜羅蘋嘲弄警察的公權力，大概源自弗里吉亞帽遺緒及法國大革命促成的抗議文化。法國人乖乖臣

圖一：盧布朗（Maurice-Marie-Émile Leblanc, 1864-1941）

服於菁英領導的極權政府時，或許下意識反應出崇拜勇於嘲弄社會規範或觸犯法律的人物。

我走入波克普咖啡館時，深深地感受到弗里吉亞帽及亞森．羅蘋的抗議文化與共同利益思維在波克普咖啡館強烈衝撞，激盪百年，繞粱不絕。

戴高樂

我多次旅遊歐洲，常在巴黎戴高樂機場（Paris-Charles de Gaulle）轉機。機場以戴高樂（圖一）這位英雄人物命名。戴高樂的名字 Gaulle，高盧之意，是古代的法國。他的個性如同其名，非常法國本位，常和美國唱反調，因此美國人不喜歡他。戴高樂拯救法國兩次，最後卻被法國人趕下台。他死後被法國人票選爲「最偉大的法國人」的第一名。李敖曾提到關於戴高樂政治家風度的一個故事。他當法國總統時，請作家馬爾羅（圖二）來擔任文化部長。馬爾羅很客氣地請示總統，怎麼做文化部長。戴高樂部說噢，很傲慢地轉身就走。眞正的意思是，我請你來當文化部長，是我的事，而如何做文化部長，是你的事，不是我的事情。換句話說，戴高樂充分地授權，權力都給馬爾羅了，不會撈過界下指導棋。

馬爾羅擔任法國文化部長十年，代表作《人的價値》（*La Condition Humaine*），詳述上海

圖二：馬爾羅（André Malraux, 1901-1976）

圖一：戴高樂（Charles André Joseph Marie de Gaulle, 1890-1970）

四一二事件，榮獲一九三三年法國龔古爾文學獎（Prix Goncourt）。這部作品敘述一九二七年蔣介石清黨的過程。當時的法國總領事要求巴黎方面供應青幫領袖杜月笙武器彈藥。法國和蔣介石有默契，相當低調地調集一支部隊協助國民黨，取締蘇聯顧問，處死共產黨員。這個故事相當發人深思。《人的價值》曾經數度改編爲電影，但未成功。米高梅公司預定在一九六九年開拍電影，卻在一週取消了拍攝。合理懷疑，應該遭受政治力量反對。義大利導演貝托魯奇（Bernardo Bertolucci）在一九八〇年代也嘗試在上海拍攝這部電影，但是中國政府建議他到北京改拍《末代皇帝》溥儀。

我訪問以色列時，和該國科技部官員閒聊其科技發展。以色列人開玩笑，說戴高樂促成以色列的高科技。一九六七年六日戰爭，戴高樂親近阿拉伯，造成法國與以色列關係惡化；戴高樂下令對以色列全面武器禁運。當時以色列有幾艘飛彈快艇在法國製造，無法運回以色列。於是以色列在一九六九年進行諾亞方舟行動（Operation Noa），將快艇偷開回以色列。戴高樂震怒，不再移轉高科技到以色列。這項決策，逼著以色列發展以軍事爲基礎的科技研究，在電腦軟體、資料保密、無線通訊、影像處理認證及追蹤等技術，有相當傑出的成效。以色列科技界業者說：「我們的科技發展要感謝法國總統戴高樂。」

吉普賽人

我數度訪問巴黎，發現這個時尚之都有不少貧窮的吉普賽人（Gipsy），他們由歐洲各地不斷湧入巴黎，在一條荒廢的鐵路兩旁搭建簡陋的棚屋，和現代化的巴黎形成強烈對比。法國政府很頭痛，認爲這些吉普賽人是「不能融入法國社會的外國人」，一直想將他們驅離。

吉普賽人這個種族是「歷史邊緣人」，大部分人都搞不懂吉普賽人的來歷，大致而言，應源自於印度。由於吉普賽人到處流浪，難以打進當地社會，備受歧視，有些歐洲人甚至認爲他們是被神懲罰的人。雨果在他的小說《鐘樓怪人》中以吉普賽人愛絲梅拉達（Esmeralda）爲女主角，注定是一場悲劇。第二次世界大戰期間，納粹黨計畫性滅絕吉普賽人，由歐洲各地被逮捕送進集中營處決的吉普賽人估計多達五十萬。吉普賽人其實比猶太人更爲弱勢。吉普賽女郎給人的印象是美貌善舞，也精於占星術。我小時候常聽一首雪兒（Cher；Cherilyn Sarkisian, b.1946）主唱的歌：

〈吉普賽、流浪漢與小偷〉（Gypsy, Tramps and Thieves）。歌詞敘述一位吉普賽女郎出生於一輛巡迴表演的馬車，只要有人投錢，她的媽媽就爲他們跳舞，而爸爸則使出渾身解數，傳一些福音或賣幾瓶膏藥（Doctor Good）。整首歌詞如下：

I was born in the wagon of a travellin' show（我出生在一個巡迴表演的馬車）
My mama used to dance for the money they'd throw（我媽媽跳舞以賺取觀眾投擲的賞金）
Papa would do whatever he could（爸爸則盡他所能）
Preach a little gospel, sell a couple bottles of Doctor Good（做做小福音的布道，賣幾瓶藥水）

CHORUS（合唱）
Gypsys, tramps, and thieves（吉普賽人、流浪漢和小偷）
We'd hear it from the people of the town（我們聽到鎮上的人這麼說）
They'd call us Gypsys, tramps, and thieves（他們說我們是吉普賽人、流浪漢和小偷）
But every night all the men would come around（但是每晚男人們都會圍過來）
And lay their money down（放下他們的錢）

Picked up a boy just south of Mobile（我們在南部巡迴時撿到一個男孩）

Gave him a ride, filled him with a hot meal（送他一程，餵他一頓熱餐）
I was sixteen, he was twenty-one（我十七歲，而他是二十一歲）
Rode with us to Memphis（他跟我們一起去孟菲斯）
And papa woulda shot him if he knew what he'd done（爸爸會開槍殺了他如果知道他做了啥事）
CHORUS（合唱）
I never had schoolin' but he taught me well（我從來沒有上過學，但他很會教我）
With his smooth southern style（以他滑溜的南部風格）
Three months later I'm a gal in trouble（三個月後就搞出麻煩；女孩懷孕了）
And I haven't seen him for a while, uh-huh（接下來有一陣子我見不到他的人）
I haven't seen him for a while, uh-huh（有一陣子我見不到他的人）
（其實是再也見不到他了。接下來重複，代表女孩的下一代有同樣悲慘的宿命）
She was born in the wagon of a travellin' show（我的女兒出生在一個巡迴表演的馬車）
Her mama had to dance for the money they'd throw（她媽媽跳舞以賺取觀眾投擲的賞金）
Grandpa'd do whatever he could（爺爺則盡他所能）
Preach a little gospel, sell a couple bottles of Doctor Good（做做小福音的布道，賣幾瓶藥水）

這首歌道盡吉普賽人這個歷史邊緣種族的辛酸，即使二十一世紀的今日，亦復如此宿命，令人感慨。

法蘭西學會

二〇一四年十一月我到巴黎參訪法蘭西學會（圖一），這是一座四合院，內部是矩形廣場，座落於巴黎中央區靠近塞納河南岸，與羅浮宮隔岸相望。法蘭西學會轄下五個學院，包含著名的法蘭西學術院（Académie Française）以及我參訪的法蘭西科學院。法蘭西學術院院士爲終身制，只有在某位院士去世後，才能遞補一位新的院士。我在法蘭西學會的網站上，會看到某位院士去世的消息，除了哀悼外，也表示新的院士要遞補了。當法蘭西科學院某一個學部有院士去世，該學部會在一年之後開會，內部徵求院士們關於推舉新院士候選人的意見。新院士的產生可由推選的院士（Nominator）寫信給其他的院士，說：「我知道有一個人的著作優異，有重大貢獻，應該當選院士。」另外，您也可以毛遂自薦，表述自己的豐功偉業，擔任院士候選人。無論是否有人推舉，所有的候選人都應該寫信給學院負責人，表達他想當候選人的意願。當選爲院士後，會穿

圖一：法蘭西學會（Institute de France）

院士袍進行授劍儀式，相當隆重。院士袍是深藍色的西裝，繡有綠色和黃色的橄欖枝。院士的佩劍可自行設計。例如邀請我到巴黎訪問的院長塔奎（Philippe Taquet）是古生物學家，他發現某些新的恐龍品種來自非洲。因此他的院士劍柄設計成他所發現的恐龍頭顱。

前法國總理克里蒙梭（圖二）是一九一八年的法蘭西學術院院士。當年被提名院士時，相當猶豫，怕他承接的院士席次是政敵普恩加萊（Raymond Poincaré, 1860-1934），那就很難堪了。法蘭西學院的政治類院士狀況不少，甚至有人被除名。一九二九年貝當（Henri Philippe Pétain, 1856-1951）在福煦（Ferdinand Foch, 1851-1929）元帥逝世後，繼承其法蘭西學院院士的席位。貝當在第一次世界大戰期間是福煦的下屬，

圖二：克里蒙梭（Georges Clem-
enceau, 1841-1929）

擔任法軍總司令，是當時的民族英雄。而福煦則在一九一八年十一月十一日代表協約國與德國在一列火車上簽訂停戰協定（史稱「福煦車廂」），結束第一次世界大戰。一九四〇年貝當任法國總理時，向入侵法國的德國投降，而希特勒將「福煦車廂」拖到巴黎，羞辱了簽約的貝當。貝當承接福煦的法蘭西學院的院士席次，兩人都在「福煦車廂」和德國簽約，而賢愚差距甚大。貝當組織維琪政府，法國人視之爲叛國者，判他終身監禁，而他的法蘭西學院的院士頭銜也被取消。

駐法代表處

圖一： 駐法代表處

二〇一四年十一月二十三日我來到巴黎駐法代表處召開駐歐洲科技組組長會議。駐法代表處位於巴黎第七區，舊稱 Hôtel Hocquart，是路易十五時期的古典建築風格，建於一七五四年，內部的會議廳、接待室、樓梯、地下室拱廳，以及展演廳都很値得參觀。建築被日本富士電視台看中，成爲日劇《交響情人夢》片中男主角在巴黎落腳處「大學街七十八號」。《交響情人夢》走紅，駐法代表處也成爲觀光景點（圖一）。

駐歐洲科技組組長會議開場時請代表處的呂慶龍大

圖二：我和呂慶龍大使玩布袋戲

使致詞。他別出心裁，表演了一場布袋戲，我致謝辭時，乾脆也拿起木偶，和呂大使演起布袋戲，大家看了都很開心（圖二）。呂大使的布袋戲有招牌動作，兩個玩偶擁抱親嘴，稱之爲「French Kiss, Made in Taiwan」。

會議之後，我方與法國對口單位共同審查幽蘭計畫（年輕學者和法國合作的計畫），法國在台協會的科學與高等教育副處長 Emmanuelle Platzgummer（圖三）特別由台灣飛到巴黎參與會議，足見法國對此計畫之重視。事畢歸國，呂慶龍大使陪我到機場。途中他如數家珍地談到布袋戲辦外交。他學了幾個專業布袋戲橋段，只可惜沒學到翻筋斗。他說，翻筋斗除了手勁外，布袋戲偶的衣服也要夠柔軟才行，當中專業知識可不少。呂大使也強調：「外交無小事。」小事沒

圖三：Emmanuelle Platzgummer

圖四：我玩美女布偶

處理好，就有可能演變成嚴重的外交「大事件」。到達機場，互道珍重，我直飛回台灣。

巴黎之行，呂慶龍大使的布袋戲外交讓我印象深刻，念念不忘。二〇一五年二月十九日是農曆新年，早上我陪父母在台中的土地公廟上香，廟方酬神，演一台布袋戲，我看了技癢，借了一個美女布偶玩了起來（圖四），故事戲碼是美少女招婿。吾友吳振生知道了，寫了一首打油詩送我：「人生好比布袋戲？掌中乾坤有誰知，看戲傻來演戲痴，曲終人散樂自知。」振生兄眞是才子。俗語說演戲的是瘋子，看戲的是傻子，我將此詩稍微變動如下：

掌中乾坤有誰知，演戲瘋來看戲痴。人生好比布袋戲，曲終人散樂自知。

法蘭克福

二〇一五年三月二十四日我因公務飛抵德國法蘭克福（Frankfurt），和德國官員交流，聽到許多有趣的故事，也對這個城市充滿好感。法蘭克福是查理大帝（圖一a）建造的城市。有一次他在大霧中行軍，來到美茵河畔（Main），由於不知河底深淺，不敢貿然渡河。正在沒做理會處，忽然見到一隻鹿涉水，安然過河。查理大帝大喜，放心讓軍隊渡河。之後查理大帝將當地取名爲「法蘭克福」（Frank-furt），意思是「法蘭克人的渡口」。查理大帝建立法蘭克福的故事和格迪米尼茲大帝（Gediminas, 1275-1341）在立陶宛建立維爾紐斯的故事有異曲同工之妙。據說英寸（Inch）的長度是根據查理大帝的拇指寬度訂定，而英尺（Foot）則是皇帝的腳的長度，相當於十二英寸。電影《聖戰奇兵》（*Indiana Jones and the Last Crusade*）有一場景，印第安那瓊斯和他的父親亨利在一九三八年被納粹的飛機追殺到海灘。父親亨利張開雨傘，朝向飛機方向直衝，

圖一a：查理大帝
（Charlemagne, 742-814）

圖一b：查理大帝雕像

一群海鷗被驚起，飛起撞到飛機，導致飛機墜毀。亨利得意地念著查理大帝說的話：「我的軍隊是岩石、樹木，和天空中的小鳥（Let my armies be the rocks and the trees and the birds in the sky）。」今日撲克牌上的紅桃K圖案採用查理大帝的肖像，法蘭克福歷史博物館（Historisches Museum Frankfurt）有一座查理大帝的雕像（圖一b），供人瞻仰。

一一五二年，德意志各邦國諸侯們在法蘭克福集會，推選腓特烈一世（紅鬍子，圖二a）爲神聖羅馬帝國皇帝。腓特烈一世很巧妙地駕馭桀驁不馴的德意志諸侯，分割大諸侯的領地，使之成爲獨立小公國，以利管理。他更在一一五八年頒布采邑法令，要求所有接受采邑者爲皇帝服兵役。腓特烈一世的綽號Barbarossa（巴巴羅莎），

圖二 a：腓特烈一世（Friedrich I Barbarossa, 1122-1190）

圖二 b：腓特烈一世的雕像

圖三ｂ：叔本華雕像

圖三ａ：叔本華
（Arthur Schopenhauer, 1788-1860）

是義大利語「紅鬍子」的譯音。腓特烈一世入侵義大利時殘殺無辜，鮮血染紅了他的鬍子，義大利人恨得牙癢癢，稱他爲「巴巴羅莎」。法蘭克福市政廳（Romer）前有一座腓特烈一世的雕像（圖二b），紀念這位紅鬍子。

我在法蘭克福公園（Obermainanlage）內看到一座叔本華的雕像（圖三），紀念這位偉大的哲學家。一八三三年叔本華永久落戶於法蘭克福，除了一個佣人外，只有一條貴賓犬陪伴他，一個人以創作度過餘生。這段期間他提倡的悲觀論點飽受爭議。天才總是孤獨承受精神的苦役，我不禁感嘆：「佛語戒無論，儒書貴莫爭。好條快活路，只是少人行。」他曾說：「宗教如螢火蟲，為了發亮，非要有黑暗不可。」這句話影響了我對宗教的看法，成爲不可知論（Agnosticism）的信徒。

波昂的音樂家們

二〇一五年我擔任科技部政務次長，來到台灣科技部駐德國波昂辦公室訪視。科技組辦公室旁邊是高中學生的教育博物館，外面擺設全世界最早的磁浮列車（第六號實驗車）以及未來飛機模型（圖一），頗有科技感。科技部駐波昂辦公室在波昂市區，這裡也是許多著名音樂家的故居，周遭充滿音樂氣息，我深深感受到音樂歷史的悸動。

波昂是音樂家舒曼（圖二）的故居。他和太太克拉拉（圖三）的愛情一直爲人稱道，但事實上大有問題。克拉拉是天才鋼琴家，令舒曼感到自卑，終日酗酒。舒曼的人際關係不融洽，不時和老情人幽會，感染梅毒，終身未癒。他甚至與歌德的孫子發生同性戀。克拉拉爲舒曼生下八個孩子，偶爾去各地演奏鋼琴，每次都會和同行的舒曼吵架。克拉拉花容嬝娜，玉質娉婷。髻橫一片烏雲，眉掃半彎新月。舒曼面對美麗而出色的妻子，倍感壓力，心懷悒悒，不堪抑鬱，投河尋

圖一：駐波昂科技組辦公室前全世界最早的磁浮列車

死獲救，最後仍死於波昂的安德尼希（Endenich）精神病院。他和克拉拉皆葬在波昂市中心的公墓（Bonner Altfriedhof）。看著公墓，回首克拉拉與舒曼的故事，不勝唏噓。

比舒曼更有名的音樂家是貝多芬。訪問波昂，不可掛萬漏一的景點是貝多芬的出生地「波昂巷」（Bonngasse）。我小時候的音樂筆記本或練習本，封面常採用貝多芬的肖像，如圖四。對於這幅貝多芬肖像抿嘴的表情，我的印象深刻，也很難想像，這位偉大的音樂家竟然是聾子。在《第九交響曲》首次演奏結束時，這位作曲家不得不轉身，以眼睛看著他無法聽到的掌聲。貝多芬個性率直，不高興就會直接表現出來，不管對方是高官或貴族。如果觀眾不專心聽他的音樂，他會當場發飆，停止演奏。奧地利的魯道夫大公

圖二：舒曼
（Robert Alexander Schumann, 1810-1856）

圖三：我分別以鉛筆及簽字筆畫克拉拉（Clara Schumann, 1819-1896）

圖五：我和貝多芬紀念像合照

圖四：貝多芬（Ludwig van Beethoven, 1770-1827）

（Archduke Rudolph, 1788-1831）公告說：「一般的宮廷禮儀並不適用於這位偉人（The usual court etiquette did not apply to the great man）。」在他生命最後的幾年，貝多芬發展出所謂的晚期四重奏（Late Quartets），遠遠超出觀眾過去的習慣及視野。今日，晚期四重奏已成為一種重要的音樂演奏方式。貝多芬在音樂史有舉足輕重地位，波昂到處看得到紀念他的標誌（圖五）。

貝多芬說：「音樂應該點燃男人內心的火花，帶出女人眼睛的淚水（Music should strike fire from the heart of man, and bring tears form the eyes of woman）。」想達到這個境界，是知易行難。今日科技，提到智慧創新，可以長篇大論，然而科技始終來自於人性，如何感動人心，才是最重要，也是最難辦到的課題。

學生王子

二〇一五年三月我訪問德國海德堡（Heidelberg），路過著名的紅牛酒吧及學生酒店。一九〇一年梅亞法斯特（Wilhelm Meyer-Forster, 1862-1934）以海德堡的紅牛酒吧（圖一）爲背景之一，寫出舞台劇《阿爾特海德堡》（*Alt-Heidelberg*），柏林首演，頗獲好評。一九二七年，舞台劇改編成電影《學生王子》（*The Student Prince in Old Heidelberg*），由西拉（圖二）主演，電影的拍攝地點是紅牛酒吧隔壁的學生酒店（Zum Seppl），劇情是已婚的王子到海德堡大學念書，又不安分地追求酒店女侍（由西拉飾演）。最後丟下女侍，回到他的公主老婆懷抱。當中西拉的一句台詞令人傷感，她對王子說：「It is your first love, but it is my only love」。王子花言巧語，說他和公主是政治婚姻，因此和酒店女孩是 first love（初戀）。痴心的女孩卻說王子是她的 only love（眞愛），哎，傻女孩。我們打算在紅牛酒吧用餐，到了店門口時，卻吃了閉門羹。酒吧告示，復活

圖一：紅牛酒吧（Zum Roten Ochsen）

圖三：德萊斯
（Karl Drais, 1785-1851）

圖二：西拉
（Edith Norma Shearer, 1902-1983）

節後才會開張。無法入內，只能徒呼負負。

《學生王子》故事中的海德堡大學是德國最古老的大學，成立於一三八五年。劇中海德堡大學的學生都是男生，因爲十九世紀的德國女性沒有讀大學的權利。海德堡大學學生的主要交通工具是腳踏車，一件有趣的事實是，腳踏車最早的雛型是海德堡大學畢業生的發明。這位畢業生是德萊斯（圖三），他在一八一七年發明了有方向控制器的兩輪車 Laufmaschine（亦稱爲 Draisienne）。這個沒有踏板的兩輪車是最早的自行車，被暱稱爲 Dandy Horse。胖嘟嘟的德萊斯騎在兩輪車上，雙腳滑行，並不停扭動方向控制器，被人稱爲傻子。據說一八一六年歐洲糧荒，馬匹饑餓，引發德萊斯發明兩輪車的動機。巴登大公（Grand Duke of Baden）賞他一個機械教授的榮譽職稱。直到一八四二年兩輪車被英國人加上踏板驅動裝置後，自行車才進入實用的階段。今日海德堡大學仍然到處可見腳踏車，我試騎一小段路，心中想著，《學生王子》電影應該拍一幕王子騎車載著美麗女侍的場景，更能襯托當年海德堡大學的氛圍。

致命之愛

二〇一五年三月我到德國柏林，路過柏林圍牆的查理檢查哨（圖一）附近，看到一長片牆上到處塗鴉（圖二），是爲柏林圍牆東站畫廊（Berlin Wall East Side Gallery）。在此看到布里茲涅夫（Leonid Brezhnev, 1906-1982）和何內克（Erich Honecker, 1912-1994）的塗鴉畫（圖三）。

一九七九年十月，布里茲涅夫和東德總理何內克簽訂十年合作協議，於十月七日的公開場合兩個人深情一吻，被攝影師捕捉拍攝。一九九〇年這張親吻照被塗鴉在柏林圍牆，經過風吹雨打及人爲破壞，已殘缺破損。二〇〇九年，重新畫過。在這幅畫的上方寫著「上帝啊！助我活下去（God! help me stay alive）」，而下方則是「在這致命之愛的夾縫間（Among this mortal love）」。於是這幅畫被取名爲 *My God, help me to survive this deadly love*。當年東歐共產黨領袖在歡迎對方時，都會快吻對方的面頰，但何內克顯然將此「禮節」發揮到極致，討好主子布里茲涅夫。波蘭最後

圖一：查理檢查哨（Checkpoint Charlie）

圖二：柏林圍牆

圖四：我畫了布里茲涅夫和何內克的親吻

圖三：「My God, help me to survive this deadly love」

一位共產黨領袖賈魯塞斯基（Wojciech Witold Jaruzelski, 1923-2014）宣稱，他的工作中最不愉快的事是和「何內克親吻」，因爲何內克親吻的方式實在是太噁心了。我臨摹了布里茲涅夫和何內克的親吻（圖四）。

布里茲涅夫的前一任蘇聯領導者是赫魯雪夫，他於一九五六年全面批評史達林（Joseph Stalin, 1878-1953），進行無序而帶有自由化色彩的改革。一九六四年十月，赫魯雪夫在黑海之濱度假時，布里茲涅夫發動政變，強迫赫魯雪夫淡出政壇，史達林的形象再度鹹魚翻身。布里茲涅夫的政策趨於僵化保守，大肆擴張蘇聯的軍事力量，導致經濟停滯。一九八九年十一月九日柏林圍牆倒塌，東西德合而爲一。但統一後初期，兩德在經濟、社會、生活方式等方面的差距似乎並未縮減。德國權威調查機構「福薩」的一項二〇〇八年調查結果顯示，不少德國人對兩德統一後的二十年表示失望。又經過十年的努力，在德國女強人梅克爾（Angela Dorothea Merkel）的領導下，柳暗花明又一村，有效地融合東西德，這位鐵娘子下台時的德國已是一番繁榮景象。

維也納的真善美

二十世紀初的維也納是文化藝術重鎮，吸引許多有志青年來朝拜。一九三三年希特勒上台，於一九三八年併吞奧地利，在霍夫堡皇宮（圖一）的陽台宣布德國與奧地利一家親，建立了納粹的獨裁統治。二〇一四年我來到這個皇宮前，仰望陽台，想像希特勒站在此慷慨激昂的演說模樣。這個事件成爲一九五九年的電影《眞善美》（*The Sound of Music*）的腳本。電影劇本源自於崔普（Maria Augusta von Trapp, 1905-1987）的眞實故事。她原本是儂柏格修道院（Nonnberg）的實習修女，一九二六年因健康問題，被院長推薦給崔普爵士（Georg Ritter von Trapp），到爵士家中擔任其長女的看護。之後瑪麗亞與爵士墜入情網，兩人於一九二七年結爲連理。一九三〇年代崔普爵士家道中落，和瑪麗亞帶領七個孩子組成樂團進行職業演唱，並於一九三六年薩爾斯堡音樂節（Salzburger Festspiele）贏得首獎。一九三八年奧地利被德國合併，爵士拒絕了納粹的徵召令，躲

圖一：霍夫堡皇宮（Hofburg Palace）

避追捕，於一九三九年移居美國。

崔普家族的故事被拍成電影《眞善美》，而女主角安德魯絲（Julie Andrews, b. 1935）演技精湛，因此榮獲奧斯卡金像獎最佳女主角。每到跨年，維也納都會舉辦名爲From Vienna: The New Year's Celebration的慶祝活動，而安德魯絲也曾主持了包括二〇一五年的六次慶祝會。

一九三八年十一月九日的「水晶之夜」（Reichskristallnacht）或許應稱爲「碎玻璃之夜」，納粹敲碎猶太家庭的櫥窗玻璃，開始對猶太人進行有組織的屠殺，這是希特勒延續一四二〇年代維也納的反猶太主義，進行猶太人的種族滅絕政策。一九三八年後，猶太人逃離奧地利必須獲得外國簽證，以簽證換取逃命的機會，稱爲「生命簽證」。當時美國等三十二國均拒絕接

圖二：何鳳山紀念牌

受猶太移民。而中華民國駐奧地利領事何鳳山（1901-1997）基於人道，不顧上司的反對，在中華民國駐維也納領事館向數以千計的猶太人發放了「生命簽證」。納粹當局將總領事館沒收，何鳳山則自掏腰包搬到另一地點，繼續發放簽證。由於未經許可，擅發簽證，一九三九年四月何鳳山被中華民國外交部記過一次。當年何鳳山發放簽證的地點在維也納市立公園（圖二）正門對街不遠處，我曾特別去瞻仰。

三十便士一解手

圖一：賈斯柏（Jasper Maskelyne, 1902-1973）

我遊歷歐洲，發現在許多公共場所，上廁所是要付費的。有時內急，人生地不熟，身上無銅板，眞正是一毛錢逼死一條好漢。於是乎體會到，免費上廁所的自由是非常難能可貴的。「上廁所需付費」的始作俑者是英國人馬斯基林。他是一位魔術師兼發明家，以發明付費廁所（Pay Toilet）聞名於世。馬斯基林設計了公共廁所的特殊門鎖，要投入一便士硬幣才能開門如廁。因此當時在倫敦有一婉轉說法「spend a penny」，意指要暫時告退去上廁所。

在中國，上廁所方便的文雅說法是「解手」，與「spend a penny」有異曲同工之妙。中國古代的皇帝常下令移民墾荒，把人口稠密地區的人民，移居人口稀少的地區。有些百姓不想離鄉背井，找到機會就逃走。爲防止脫逃，負責押解的官吏用繩子綁住百姓的手，魚貫而行。途中內急時，便呼喊：「解手」，請求官吏解開綁手的繩索。於是解手就成爲上廁所的同義詞。例如《紅樓夢》第二十八回寫道：「少刻，寶玉出席解手，蔣玉菡便隨了出來。」

馬斯基林將發明付費公廁的智慧遺傳給他的子孫。他的孫子賈斯柏（Jasper Maskelyne, 1902-1973，圖一）也是魔術師。一九三九年第二次世界大戰爆發，賈斯柏結束他的魔術演藝事業，共赴國難，加入英國皇家部隊。當時他的年紀已經老大不小，又只會玩魔術，英國軍方實在不看好他的「戰鬥力」。他被派往北非戰區。當時在北非的英軍常受到當地土著干擾，而這些土著只相信他們的巫師。於是賈斯柏到達北非後的任務是去和當地的巫師「鬥法」。他以魔術技巧折服對方，改善了英軍和土著的關係，立下功勞。馬斯基林家族由和巫師鬥法到解決尿尿付費問題，聰明才智，非同小可。

二〇一〇年我訪問英國，首次見識到倫敦的付費公共廁所（圖二），解一次手已由一便士漲價到三十便士，我們戲稱爲「三十便士一泡尿」（the 30p pee）。二〇一七年七月我因公務訪問法國、比利時和德國，發現進公共廁所出恭的價錢更貴，已漲到 0.7 歐元（圖三）。我在巴黎火車站內急，身上只有百元歐元鈔票，看守廁所的服務員無法找零錢，害我急得直跳腳。

歐洲大部分公共廁所基於人道，讓小朋友免費尿尿。君不見比利時的尿尿小童（圖四a），如一江春水向東流，大尿特尿，不需付錢。比利時尿尿小男童聞名於世，很多人可能不知道，在小男童附近還有一位尿尿小女童，在街頭大方解手呢（圖四b）。

在德國，有付費公共廁所的門口設計了小洞，開方便之門，小朋友可以不付費，鑽進去尿尿，乃小童免費的尿尿門（圖五a），大人則休想鑽進去免費解手（圖五b）。

圖二：倫敦的付費公共廁所

圖四 b：尿尿小女童

圖四 a：尿尿小男童

圖三：德國的智慧型公共廁所

圖五 b：大人通不過

圖五 a：小童免費的尿尿門

誰要懂得多，就要睡得少

二十世紀有三個種族遭受大屠殺（Genocide），當中德國納粹屠殺吉普賽人及猶太人，而土耳其則屠殺亞美尼亞人。亞美尼亞人與土耳其及俄羅斯的愛恨情仇眞是一言難盡。我在亞美尼亞觀賞其舞蹈，常參雜土耳其元素，然而亞美尼亞人卻認爲純粹的亞美尼亞舞蹈，必須不受到土耳其的影響，他們才承認。

在二〇一五年之前，亞美尼亞對我而言是陌生的。那年我來到以色列的耶路撒冷舊城。該城分成猶太區、基督區、伊斯蘭區及亞美尼亞區。亞美尼亞占有一席之地，因爲它是全世界第一個基督教國家。我在亞美尼亞區一家餐廳用膳，擺盤美觀，菜色明麗，令人驚豔。之後到伯利恆參觀聖誕教堂。這是一座西元四世紀的亞美尼亞東正教堂，爲君士坦丁一世的母親海倫娜所建。教堂地板是美麗的幾何圖形，充分表現出亞美尼亞人的幾何設計天分。亞美尼亞的科學成就很卓越，比伽利略早幾百年發現地球自轉，設計了蘇聯米格機，更發明印刷美鈔的特殊油墨。

二〇一七年及二〇一八年我兩度造訪亞美尼亞，搭車到首都葉烈萬（Erewan）途中，眺望距其三十二公里的亞拉拉特山（Ararat），這是《聖經．創世記》記載諾亞方舟在大洪水後，最後停泊的地方。第五世紀的亞美尼亞學者瑪希托茲（Mashtots）體驗到亞美尼亞勢力的衰退，可能滅國。如果亞美尼亞人想在沒有國土的情況下生存，必須擁有能在他們之間流傳的共同觀念。於是發明了亞美尼亞字母，以文字將共同概念具體化。詩人塞瓦克（Sevak）更將這概念具象成為亞拉拉特這個字，而亞拉拉特山乃是亞美尼亞國徽正中央的圖案。

二〇一七年亞美尼亞總理邀請我的團隊到該國訪問，希望能技術轉移我們的 AgriTalk（農譯智慧農業。之後我們送了四套農譯的田間感測器到亞美尼亞葡萄園，更具意義，因為根據《聖經》，全世界第一棵葡萄樹是諾亞下山後在亞美尼亞種植的。和亞美尼亞打交道，感覺良好。亞美尼亞有句諺語：「誰要懂得多，就要睡得少。」他們認為要勤奮才有機會成功。我於二〇一八年主導交通大學和亞美尼亞國家農業大學簽署雙聯學位，希望聰明勤奮的亞美尼亞學生能到台灣來學習智慧農業技術。

二〇一八年九月，我和一群穿傳統服飾的亞美尼亞女孩照相（圖一）。這群天真的女孩還提槍拿盾牌擺姿勢，讓我頗為驚訝。女孩告訴我她們隨時願意為保國而戰，因為亞美尼亞夾在強鄰

圖一：拿槍的亞美尼亞女孩

中，她們不保衛國家，誰來保衛國家？我以爲小女孩鬧著玩說笑，沒想到，一年後的同一天，亞美尼亞和亞塞拜然已爆發戰爭。和我照相的亞美尼亞女孩都比我女兒還年輕呢！希望大家平安。亞美尼亞的國土和台灣相當，人口不到三百萬。我們由亞美尼亞，能學到什麼經驗呢？

藍色公路

台中市有一景觀，稱爲「藍色公路」，之所以得名，在於當夜幕低垂時，沿路的路燈會亮起藍色的燈光，點綴整片大肚山的景色，也因爲這整排的藍色路燈，而有藍色公路的稱號。

我在服兵役期間，讀了一本書《藍色公路》（*Blue Highways*），敘述美國早期的藍色公路。扉頁寫著：「翻開舊版的美國公路地圖，主要道路是紅色，次要道路是藍色，現在全都變了。但在日出前和日落後的短暫片刻，古老道路依然映著天空的顏色。的確，在這既非白天也非黑夜的曖昧時分，馬路帶著一抹神祕的藍色，藍色公路的魔力達到頂點，看不見盡頭的道路呼喚著我們，召喚我們前往陌生之地，一個可能失去自我的地方。」這段文字令我著迷，雖然這本書的論點並不代表美國的主流文化，卻也加深我對美國的印象，誓言要循藍色公路繞一圈。只可惜，這個願望到今日僅僅部分達成。一九八五年我留學美國，親身體驗這個國家的歷史文化。何爲美國立國的精神？我觀察到美國先民的刻苦患難、積極進取、追求人權自由，令人佩服。

一九九〇年我完成博士學位，到貝爾通信研究公司工作，有機會了解美國電信的基礎建設，架構宏偉、井井有條，其工程實力，深不可測，我雖盡全力汲取其經驗，仍只是以管窺天，益加敬畏於美國國力的深厚。然而美國有今日的成就並非天上掉下來，而是先民流血流汗爭取到的。

一九九五年我經歷人生轉折，考慮放棄美國工作。當時遇到陳之藩（1925-2012），他送我一本他寫的散文集。翻到《旅美小簡》中一篇他於一九五五年寫的文章：文天祥有句話我讀後不能忘的：「父母之病，縱不可醫，亦無不用藥之理。」我們這個國家，但願他還未到不可醫的程度，我們要尋求救國的方法。

陳之藩告訴我：「我因此由台灣來到美國（尋求救國的方法）。我希望你因此由美國回到台灣。」於是我回台灣教書。然而台灣的教育，似乎逐漸朝向功利的路子邁進，令我憂心，正直及誠實的價值觀似乎被忽視。美國公立學校之父霍瑞斯．曼（圖一）曾說：「科學真理固然了不起，但道德真理才是神聖；任何人呼吸到道德的空氣，在它的光芒下行走，將會發現失落的天堂。」

二〇一四至二〇一六年間我任職科技部政務次長，縱觀台灣的氛圍，滿足於小確幸，不問自己能爲國家做什麼，只問國家能爲我做什麼，格局不大。我們應該看看人生的積極面，好好振作。二〇一六年的農曆小年夜，台南發生大地震，我在科技部轄下的台南科學園區數十天，指揮救災。

圖一：霍瑞斯·曼
（Horace Mann；1796-1859）

園區管理局局長林威呈暨相關人員犧牲春節假期，堅守崗位，處理得宜，將損害降到最低。經歷巨災，對於台灣如何積極地再站起來，我更有感觸。《藍色公路》的作者特羅格登（William Trogdon）說：「人們不會以你的過去來看低你。人生的道路（是向前看的），不必考慮昨天。」這是很值得我們深思的句子。未來的不可知，正是我們的機會，讓我們正直誠實地向前走！

九　歌　文　庫　　　1371

說話的城市

國家圖書館出版品預行編目（CIP）資料

說話的城市 / 林一平著 . -- 初版 . -- 臺北市：九歌，2022.02
面；　公分 .--（九歌文庫；1371）
ISBN 978-986-450-407-7（平裝）
863.55　　　110022528

作　者 —— 林一平
圖片提供 —— 林一平
責任編輯 —— 張晶惠
創 辦 人 —— 蔡文甫
發 行 人 —— 蔡澤玉
出　版 —— 九歌出版社有限公司
臺北市 105 八德路 3 段 12 巷 57 弄 40 號
電話 / 02-25776564．傳真 / 02-25789205
郵政劃撥 / 0112295-1

九歌文學網　www.chiuko.com.tw

印　刷 —— 前進彩藝有限公司
法律顧問 —— 龍躍天律師．蕭雄淋律師．董安丹律師
初　版 —— 2022 年 2 月
定　價 —— 360 元
書　號 —— F1371
I S B N —— 978-986-450-407-7
9789864504084（PDF）